DESÉAME

ROBYN GRADY OTRA OPORTUNIDAD PARA EL AMOR

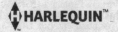

Editado por Harlequin Ibérica.
Una división de HarperCollins Ibérica, S.A.
Núñez de Balboa, 56
28001 Madrid

© 2010 Robyn Grady
© 2017 Harlequin Ibérica, una división de HarperCollins Ibérica, S.A.
Otra oportunidad para el amor, n.º 1 - 25.1.17
Título original: Bargaining for Baby
Publicada originalmente por Silhouette® Books.
Este título fue publicado originalmente en español en 2010

I.S.B.N.: 978-84-687-9098-5
Depósito legal: M-39139-2016
Impresión en CPI (Barcelona)
Fecha impresion para Argentina: 24.7.17
Distribuidor exclusivo para España: LOGISTA
Distribuidores para México: CODIPLYRSA y Despacho Flores
Distribuidores para Argentina: Interior, DGP, S.A. Alvarado 2118.
Cap. Fed./Buenos Aires y Gran Buenos Aires, VACCARO HNOS.

Capítulo Uno

Jack Prescott salió de la habitación del hospital con una desagradable sensación de aturdimiento.

Había recibido la llamada a las diez de la mañana. De inmediato se había subido a su bimotor y había volado a Sydney con el corazón en la garganta. Hacía años que Dahlia y él no hablaban y ahora ya no tendría oportunidad de decirle adiós.

Ni de pedirle perdón.

Echó a caminar por el pasillo. Le escocían los ojos. El aire olía a detergente y a muerte. A partir de aquel día, era el único superviviente de los Prescott y no había nadie a quien culpar excepto a sí mismo.

En ese momento se cruzó con un médico que iba tan absorto en la conversación que se chocó contra él sin darse cuenta. Jack se tambaleó un instante, luego se miró las manos y se preguntó cuánto tiempo tardaría en venirse abajo, en asimilar la verdadera dimensión de aquella pesadilla y maldecir aquel mundo despiadado. Dahlia solo tenía veintitrés años.

Una mujer que había sentada en la abarrotada sala de espera atrajo su atención por algún motivo. El cabello claro le caía por los hombros. Llevaba un niño entre los brazos.

Jack se frotó los ojos y volvió a mirarla.

Tenía los ojos llenos de lágrimas y estaba mirándolo. Jack se preguntó si se conocían y, cuando la vio esbozar una sonrisa de condolencia, se le encogió el estómago.

Era amiga de Dahlia.

No estaba seguro de poder hablar aún. No se sentía con fuerzas para darle las gracias por estar allí o por darle el pésame y luego excusarse lo más rápido posible.

La mujer siguió esperando mientras le sujetaba la cabecita al pequeño y Jack se dio cuenta de que no podía huir. Dio un paso, luego otro y finalmente acabó frente a ella.

–Eres el hermano de Dahlia, ¿verdad? –le preguntó ella–. Eres Jack –tenía las mejillas sonrojadas y manchadas de lágrimas, las uñas mordidas y los ojos…

Sus ojos eran de un azul intenso.

Jack se sorprendió a sí mismo. Hacía siglos que no se fijaba en los ojos de una mujer. Ni siquiera estaba seguro de saber de qué color tenía los ojos Tara. Quizá debería fijarse cuando volviera. Claro que el suyo no iba a ser esa clase de matrimonio, al menos para él.

Tras la muerte de su esposa hacía tres años, Tara Anderson había pasado cada vez más tiempo en Leadeebrook, la explotación ganadera de Queensland en la que vivía Jack. Había tardado en apreciar la compañía de Tara; seguramente porque en los últimos tiempos, a Jack no le gustaba mucho hablar. Pero poco a poco Tara y él se habían hecho casi tan amigos como lo habían sido su mujer y ella.

Y entonces, la semana anterior, Tara le había ofrecido algo más.

4

Jack había sido muy claro con ella. Jamás se enamoraría de otra mujer. Llevaba la alianza de boda colgada de una cadenita que jamás se quitaba del cuello, mientras que la de su mujer descansaba junto a una foto suya que tenía en el dormitorio.

Sin embargo Tara le había explicado que creía que necesitaba una relación estable, y que ella necesitaba alguien que le ayudara a dirigir su propiedad. Aquello había dado qué pensar a Jack. Veinte años antes su padre se había visto obligado a vender la mitad de sus tierras a un vecino, el tío abuelo de Tara. Después había intentado volver a comprar la tierra, pero a Dwight Anderson no le había interesado vendérsela.

Después de la muerte de Sue, Jack había tenido la sensación de que su vida no tenía sentido. Ya no disfrutaba de actividades que en otro tiempo le habían apasionado, como montar a caballo por las extensas llanuras de Leadeebrook. Sin embargo la idea de cumplir el sueño de su padre de recuperar aquellas tierras le había hecho albergar una nueva ilusión.

Tara era una buena persona y cualquier hombre la consideraría atractiva. Quizá sí que pudiesen ayudarse mutuamente. Pero antes de casarse con ella, debía resolver algo.

La raza humana dependía en gran parte del poder del instinto maternal; las mujeres deseaban tener hijos y sin duda Tara sería una madre estupenda. Pero él no tenía el menor deseo de ser padre.

Ya había cometido suficientes errores, uno de ellos imperdonable. Pensaba en ello a menudo y no solo cuando visitaba la tumba diminuta que había junto a la de su esposa en Leadeebrook. Ningún hombre podría soportar que le desgarrasen el corazón una segunda vez. No pensaba tentar al destino engendrando otro hijo.

Si Tara quería un matrimonio de conveniencia, tendría que renunciar a la idea de tener familia. Había asentido cuando Jack se lo había explicado, pero el brillo de sus ojos hacía pensar que esperaba que algún día él cambiara de opinión. Pero eso no ocurriría. Jack estaba completamente convencido de ello.

Jack tenía la mirada clavada en el pequeño cuando la mujer del vestido rojo volvió a hablar.

—Dahlia y yo éramos amigas —murmuró con voz débil—. Muy buenas amigas.

Él respiró hondo, se pasó la mano por el pelo y trató de ordenar sus pensamientos.

—El médico dice quien la atropelló se dio a la fuga.

La habían atropellado en un paso de peatones y había muerto solo unos minutos después de ingresar en el hospital. Jack le había tocado la mano, aún caliente, y se había acordado de cuando la había enseñado a montar a Jasper, su primer caballo, y de cuando la había consolado tras la muerte de su corderito. Cuando ella le había suplicado que lo comprendiera… cuando más lo había necesitado…

—Recobró el conocimiento solo un momento.

Aquellas palabras agarraron desprevenido a Jack. Sintió tal debilidad en las rodillas que tuvo que sentarse, pero enseguida se arrepintió de haberlo hecho porque eso implicaba que quería hablar, cuando lo que quería era quitarse las botas, beberse un whisky y…

Levantó la mirada y sintió que se le nublaba la vista.

¿Qué le esperaba ahora? ¿Documentación, la funeraria, elegir el ataúd?

—Habló conmigo antes… antes de irse —a la mujer le temblaba el labio inferior al hablar—. Me llamo Madison Tyler —se colocó al bebé en el regazo y se sentó junto a Jack—. Mis amigos me llaman Maddy.

Jack tragó saliva.

—Ha dicho que recobró el conocimiento… que habló con usted.

Pero seguramente no habría sido sobre él. Dahlia se había quedado destrozada tras la muerte de sus padres. Ni siquiera la paciencia y el apoyo de su mujer habían servido para ayudarla. Aquella última noche Dahlia había dicho gritando que no quería tener nada que ver con su hermano, con sus estúpidas reglas ni con Leadeebrook. Después había acudido al funeral de Sue, pero Jack había estado demasiado aturdido como para hablar con ella. En los siguientes años, había recibido sus felicitaciones de Navidad, pero todas ellas habían llegado sin dirección del remitente.

Apretó los puños con rabia.

Dios, debería haber dejado a un lado su orgullo y haber tratado de encontrarla. Debería haber cuidado de ella y haberla llevado de vuelta a casa.

Un movimiento del bebé hizo que Jack se fijara en su carita, en sus mejillas regordetas. Un rostro lleno de salud y de promesas. Lleno de vida.

Respiró hondo, se puso en pie y trató de recuperar el control.

—Podremos hablar en el funeral, señorita…

—Maddy.

Jack se sacó una tarjeta de visita de la cartera.

—Si necesita cualquier cosa, puede ponerse en contacto conmigo en este número.

Ella también se puso en pie y lo miró a los ojos.

–Jack, necesito hablar contigo ahora –miró un segundo al bebé–. Yo no sabía… Dahlia nunca me había hablado de ti.

Cuando volvió a mirarlo, lo hizo con los ojos suplicantes, como si buscase una explicación. Parecía amable y estaba comprensiblemente afectada por la muerte de su hermana, pero no importaba lo que Dahlia le hubiese dicho, Jack no iba a justificarse ante una completa desconocida. Ni ante nadie.

–La verdad es que tengo que irme.

–Me dijo que te quería mucho –soltó ella, acercándose un poco más–. Y que te perdonaba.

Jack se detuvo en seco después de dejar la tarjeta sobre la silla. Cerró los ojos con fuerza y trató de acallar el zumbido que sentía en los oídos. Quería que pasase el tiempo. Quería volver a casa, a lo que conocía, a aquello que no podían arrebatarle.

El bebé estaba moviéndose, parecía inquieto. Jack sintió la tentación de mirarlo, pero por otra parte solo deseaba taparse los oídos y salir corriendo. Lo último que le faltaba era oír el llanto de un niño.

–Aquí no puede hacer nada –dijo por fin–. Debería llevar a ese niño a su casa.

–Eso intento –respondió ella y lo miró fijamente.

–Lo siento, pero no comprendo.

La mujer se limitó a morderse el labio inferior, tenía los ojos abiertos de par en par. ¿Estaba asustada?

Jack la observó detenidamente. Tenía la piel del color de la porcelana, unos rasgos perfectos y, a pesar de todo, Jack sintió una ligera excitación.

¿Estaba tratándole de decir que el hijo era suyo?

Un tiempo después de la muerte de su mujer, muchos amigos suyos habían intentado sacarlo de su encierro, lo habían convencido para que fuera a verlos a Sydney y conociera a algunas mujeres de su círculo social y, aunque tenía un muro de acero alrededor del corazón, en un par de ocasiones había pasado la noche con alguna de esas mujeres.

¿Sería por eso por lo que le resultaba familiar el rostro de aquella mujer?

La miró de nuevo.

No. Habría recordado aquellos labios.

–Escuche, señorita…

–Maddy.

Jack esbozó una tensa sonrisa.

–Maddy. Creo que ninguno de los dos estamos de humor para juegos. Sea lo que sea lo que quieres decirme, te agradecería que lo soltases cuanto antes.

Ella no se inmutó ante tal brusquedad, más bien adoptó un aire más firme.

–Este bebé no es hijo mío –dijo por fin–. Dahlia me lo ha dejado hoy. Es tu sobrino.

Pasaron varios segundos antes de que Jack asimilara el significado de aquellas palabras, y entonces fue como un golpe en la cabeza. Parpadeó varias veces. Debía de haber oído mal.

–No… no es posible.

De los ojos de Maddy cayó una lágrima.

–El último deseo de tu hermana ha sido que os presentara el uno al otro. Jack, Dahlia quería que te quedases con su hijo. Que lo llevases contigo a Leadeebrook.

Capítulo Dos

Quince minutos después, sentada frente a Jack Prescott, Maddy se llevó la taza a los labios, convencida de que nunca había visto a nadie tan demacrado.

Ni tan guapo.

Con una mirada cada vez más oscura, tanto como su gesto, él movía su café con la cucharilla.

La megafonía reclamó la presencia del doctor Grant en la sala diez. Una anciana que había sentada en una mesa cercana sonrió al bebé antes de tomar un bocado. Junto a la caja, a una enfermera se le cayó un plato; el estruendo retumbó en toda la cafetería y sin embargo Jack parecía ajeno a todo. Su mirada parecía centrada en su propio interior.

Maddy analizó con discreción su rostro de estrella de cine; la mandíbula marcada, la nariz recta y orgullosa. Era curioso, pero resultaba apasionado y distante al mismo tiempo. Percibía en él, bajo su máscara, una intensa energía que casi daba miedo. Era el tipo de hombre que podría enfrentarse a un incendio él solo y evitar que aquello y aquellos que le importaban sufrieran el menor daño.

La pregunta del millón era: ¿qué era lo que le importaba a Jack Prescott? Apenas había mirado al bebé, su sobrino huérfano al que acababa de conocer. Parecía de piedra, todo un enigma. Quizá Maddy nunca se enterase del motivo por el que Dahlia había apartado de su vida a su hermano. Y si no fuera por el pequeño Beau, tampoco habría querido saberlo.

Jack dejó la taza sobre el plato y miró al bebé, que había vuelto a quedarse dormido en el cochecito. Había sido Jack el que había sugerido que tomaran un café, pero después de un silencio tan largo, Maddy ya no aguantaba más aquella fría calma. Tenía una misión, una promesa que debía cumplir… y un tiempo limitado.

–Dahlia era una madre magnífica –le dijo ella–. Terminó la carrera de Marketing después de que naciera el niño. Ahora se había tomado un año libre antes de ponerse a buscar un buen trabajo –Maddy bajó la mirada mientras algo se le rompía por dentro. Era el momento de decirlo. El momento de confesar–. Dahlia apenas había salido de su casa desde que llegó con el pequeño –continuó–. Yo la convencí para que fuera a la peluquería, que se hiciera la manicura…

Maddy sintió que se le encogía el estómago y se le hundían los hombros bajo el peso de la culpa.

Si ella no le hubiera dado la idea, si no le hubiese concertado la cita y prácticamente hubiese sacado a su amiga de casa, Dahlia seguiría viva. Aquel precioso bebé aún tendría a su madre y no tendría que depender de aquel hombre tan frío que parecía empeñado en no hacerle el menor caso.

–Hoy hace tres meses –añadió Maddy, por si le interesaba, pero Jack siguió concentrado en el café.

Maddy parpadeó varias veces, apartó su taza y miró a su alrededor. Tenía el estómago revuelto. No había esperado que aquella conversación fuera fácil, pero no podría haber sido peor de lo que estaba siendo. ¿Qué se suponía que debía hacer ahora? Aquel tipo tenía la sensibilidad de un picaporte de hierro.

–¿Dónde está el padre?

Maddy se sobresaltó al oír aquello. Era lógico que lo preguntara, pero no iba a gustarle nada la respuesta.

–Dahlia sufrió una violación –contestó en voz baja. Lo oyó maldecir antes de pasarse una mano por el pelo–. Y, antes de que lo preguntes, no lo denunció.

En la profundidad de sus hostiles ojos verdes apareció una especie de llamarada.

–¿Y por qué demonios no lo hizo?

–¿Qué importa eso ahora?

Como les ocurría a muchas otras mujeres en su situación, Dahlia no había querido enfrentarse a la tortura de un juicio. No había conocido al hombre que la había atacado y había preferido que siguiera siendo así. Lo único que había querido había sido recuperarse y superar el horror y el dolor. Y entonces había descubierto que se había quedado embarazada.

Maddy trató de concentrarse mientras tragaba el nudo de emoción que tenía en la garganta.

–Lo que importa es que tuvo un bebé precioso –aquel pequeño al que había querido tanto.

Jack observó al bebé y frunció aún más el ceño.

–¿Cómo se llama?

–Beaufort James.

Jack Prescott resopló y apartó la mirada.

Maddy se contuvo para no gritar. Ese hombre parecía una máquina. Por supuesto que eran unas circunstancias muy difíciles; acababa de perder a su única hermana. Pero ¿no pensaba mostrar emoción alguna que no fuera la rabia?

Maddy sintió el escozor de las lágrimas en los ojos y tuvo que apretar la taza para no perder el control de sus emociones. No podía quedarse callada, nadie sensato podría haberlo hecho. Aquella era la conversación más importante de su vida; debía cumplir la promesa que había hecho e iba a hacerlo aunque para ello tuviera que darle una lección a aquel arrogante.

–Este bebé es sangre de tu sangre –le recordó con actitud desafiante–. ¿No quieres agarrarlo?

«Prométele que no va a pasar nada. Que el bebé estará bien».

Le pasó por la cabeza de pronto un pensamiento horrible que hizo que se le erizara el vello de la nuca.

–¿O prefieres que acabe directamente en un centro de acogida?

Maddy jamás permitiría que ocurriera tal cosa, antes se quedaría ella con Beau. Su madre había muerto cuando Maddy tenía solo cinco años y siempre había echado de menos tener a alguien que la peinara o la arropara por la noche y le leyera cuentos.

El padre de Maddy era un buen hombre, pero estaba completamente obsesionado con su negocio hasta el punto de que a veces parecía que Tyler Advertising fuera más importante para él que su única hija. Drew Tyler dirigía la empresa con mano de hierro y entre su personal no veía hueco para una «muchacha delicada» como Maddy. Ella no estaba de acuerdo por lo que, tras una intensa y prolongada discusión, había conseguido empezar a trabajar para la compañía.

Su padre llevaba varias semanas lógicamente inquieto ante la inminencia de que su hija cerrara su primer negocio importante en solitario. Y, a pesar de su aparente valentía, Maddy también estaba nerviosa. Pero, pasase lo que pasase, iba a conseguir las firmas que necesitaba para cerrar el negocio e iba a hacerlo antes de la fecha límite fijada. Para lo cual quedaba un mes.

Nadie imaginaría lo tímida que había sido siempre y cómo había luchado por superar sus inseguridades y ajustarse al estilo empresarial de su padre, a su determinación y a su pericia. Si bien era cierto que no pasaba un día sin que Drew reconociese de algún modo los esfuerzos de su hija, a veces ella seguía lamentando no haber podido disfrutar del amor de una madre.

Volvió a mirar al bebé.

¿Cómo iba a arreglárselas aquel pequeñín?

–No recuerdo haber dicho que no vaya a hacerme cargo de él –murmuró Jack.

–Pero no pareces muy entusiasmado con la idea –respondió Maddy y vio que él enarcaba una ceja.

–No deberías mostrarte tan hostil.

–Ni tú tan seco –replicó ella de nuevo.

A Maddy se le aceleró el corazón, pero él sin embargo ni siquiera cambió de expresión. Se limitó a mirarla fijamente con esos ojos tan sexys, hasta que le provocó un escalofrío seguido de una oleada de calor.

Parpadeó rápidamente y cambió de postura en la incómoda silla de plástico.

No solo era un hombre increíblemente atractivo, también tenía razón en una cosa. Quizá fuera verdad que estaba demostrando la misma emoción que un salmón, pero, efectivamente, el momento requería calma, no un torrente de emociones. Por muy difícil que le resultara, Maddy debía controlarse, por el bien del niño. Debía controlarse en todos los sentidos.

Así pues, soltó la taza y respiró hondo.

–Ha sido un día muy duro para los dos –admitió–, pero, créeme, lo único que quiero es asegurarme de que Beau está en buenas manos y recibe el cuidado que Dahlia habría querido para él –se inclinó sobre la mesa, esperando que él se diera cuenta de que le hablaba con todo el corazón–. Jack… el niño te necesita.

Cuando lo vio apurar lo que le quedaba de café, Maddy sintió una profunda indignación.

Estaba acostumbrada a tratar con hombres poderosos; los socios de su padre o los influyentes padres de los chicos con los que había salido en la universidad, pero nunca había conocido a nadie que le despertara emociones tan intensas.

Tanto negativas como vergonzosamente positivas.

No podía negar que se le aceleraba el pulso cada vez que miraba a los ojos a Jack Prescott. A pesar de las circunstancias, su presencia había despertado la curiosidad de Maddy. La anchura de sus hombros, la fuerza de su cuello… tenía un cuerpo magnífico. El modo en que hablaba, los gestos que hacía denotaban confianza, inteligencia y superioridad. Pero también distancia.

El pequeño Beau no tenía ningún otro pariente vivo en el mundo. Y sin embargo aquel ejemplo de perfección masculina y de frialdad ni siquiera se había dignado a acariciarlo, y mucho menos a intentar tomarlo en brazos. Maddy no podía limitarse a dejar a Beau con su tío y largarse.

Miró de nuevo al bebé, se fijó en el ritmo pausado de su respiración. No había un buen momento para hacerlo, así que seguramente lo mejor fuera soltar la última bomba cuanto antes.

–Tengo que decirte algo más –murmuró–. Otra promesa que le he hecho a Dahlia.

Jack miró la hora en su Omega.

–Te escucho.

–Le dije que no te dejaría a Beau hasta que estuvieses preparado.

Mientras a ella estaba a punto de estallarle el corazón, el hombre que tenía enfrente simplemente arrugó el ceño de nuevo y se cruzó de brazos.

–Admito que me llevará tiempo adaptarme a la idea de tener… –dejó la frase a medias, pero luego se aclaró la garganta y volvió a hablar con más fuerza–. Debes saber que no pienso dejar de lado mis obligaciones. A mi sobrino no va a faltarle de nada.

Eso no bastaba. Maddy tenía que cumplir con su palabra. Le había prometido a su amiga que se aseguraría de que el bebé quedaba en buenas manos. Volvió a mirar a Jack a los ojos.

–Le prometí a Dahlia que me quedaría con Beau hasta que ambos estuvierais cómodos el uno con el otro. Supongo que tendrás una habitación libre en la casa –se apresuró a añadir–: y yo pagaré cualquier gasto que suponga mi estancia.

La frialdad de sus ojos se llenó de preguntas. Bajó la cabeza y en sus labios apareció una especie de sonrisa al tiempo que le caía un mechón de pelo negro sobre la frente.

–Creo que no he oído bien. ¿He entendido que te estás invitando a quedarte conmigo en mi propia casa?

–No me estoy invitando a nada, simplemente estoy cumpliendo con los deseos de tu hermana. Ya te he dicho que se lo prometí.

–Pues no puede ser –negó con la cabeza, con gesto casi divertido–. Ni en un millón de años.

Maddy se cuadró de hombros. Quizá resultara intimidante, pero aún no sabía lo testaruda que era ella. Probaría con otra táctica.

–El bebé me conoce. Y yo a él. Sé lo que hay que hacer en cada momento –«cuando se despierte llorando porque quiera ver a su mamá»–. Lo que más te conviene es dejar que os ayude a adaptaros el uno al otro.

–Ya tengo ayuda.

Lo dijo sin parpadear, pero a ella le dio un vuelco el corazón.

Esa mañana Dahlia le había dicho que, por lo que sabía, su hermano seguía viviendo en Leadeebrook y no se había vuelto a casar tras la muerte de su mujer. Por supuesto que tendría que contratar a una niñera. ¿Qué clase de persona cuidaría de Beau? ¿Sería estricta o tierna y amable? ¿Lo educaría con alabanzas y dulzura, o le daría un tirón de orejas cada vez que olvidara decir «por favor»?

–Señorita Tyler… –en sus ojos apareció cierta calidez antes de corregir–: Maddy, ¿estás segura de que no se trata más bien de que no estás preparada para alejarte de él?

Sintió de pronto una emoción que no supo identificar, pero respondió con la cabeza bien alta.

–Puedes estar seguro de que, si tuviera la certeza de que va a estar bien, me marcharía con la conciencia tranquila. Nada me agradaría más que daros mi bendición.

–Pero me parece que no necesito tu bendición, ¿no crees?

–Supongo que no –se vio obligada a admitir, puesto

17

que él era el único pariente vivo del pequeño–. Claro que da la sensación de que no necesitas nada –lamentó haberlo dicho, pero ya no tuvo más remedio que continuar–, especialmente toda esta molestia –Maddy cruzó los brazos sobre el pecho y lo miró con gesto desafiante–. ¿Estoy en lo cierto?

No respondió, se limitó a observarla con aquellos impresionantes ojos que hicieron que se le tensara el estómago y la invadiera el calor hasta que ya no pudo más y se puso en pie. Seguramente no sirviera de nada marcharse, pero eso era todo lo que podía soportar en un día. El término «magnetismo animal» se había inventado para aquel hombre; Jack Prescott era increíblemente atractivo, pero desde luego no era humano. Antes de marcharse, debía decirle una última cosa.

–Yo respetaba mucho a Dahlia –dijo, a pesar del nudo que le bloqueaba la garganta–. La quería como a una hermana, pero no alcanzo a comprender cómo pudo ocurrírsele elegirte a ti para que te hicieras cargo de su hijo.

Maddy agarró el cochecito y se dirigió a la puerta con los ojos llenos de lágrimas que no pensaba derramar. Jack la llamó, pero podía irse al infierno. No le importaba lo más mínimo el bienestar del niño, así que lo mejor era que volviera a las tierras abrasadoras y despobladas del Outback australiano y dejara a Beau en la civilización, con ella.

Estaba a punto de llegar a la puerta de la cafetería cuando de pronto se encontró con él bloqueándole la salida.

Maddy resopló y sintió ganas de sonreír irónicamente. Parecía que por fin le había obligado a reaccionar.

–¿Dónde vas? –le preguntó él.

–¿A ti qué te importa?

–Me importa más de lo que puedes imaginar.

Intentó sortearlo, pero finalmente tuvo que desistir y resopló con frustración.

–He intentado ser razonable y comprensiva. Pero me rindo. Tú ganas, Jack Prescott.

–No sabía que esto fuera una competición.

–Desde el momento en que me has visto –ya entonces había deseado que desapareciera de su vista. Ya lo había conseguido, pero Maddy estaba segura de que Dahlia no la habría culpado por marcharse.

–¿Entonces estás decidida?

Ella sonrió con fingida dulzura.

–Si me permites…

–¿Y el niño?

–Vamos, los dos sabemos lo que sientes ante la idea de hacerte cargo de él.

En sus labios apareció una sarcástica sonrisa.

–Crees que me tienes calado, ¿no?

–Ojalá pudiera decir que me interesa lo más mínimo conocerte, pero me temo que tengo la misma curiosidad que la que tú has demostrado tener por tu sobrino.

Él la observó fijamente durante unos segundos de tensión antes de aflojar un poco su actitud.

–¿Entonces qué propones?

–Lo que realmente deseas. Te relego de tus obligaciones con respecto a Beau –ella se haría cargo del pequeño y le enseñaría lo que era el amor, la lealtad y muchas otras cosas que, obviamente, Jack Prescott desconocía. Ya encontraría la manera de arreglárselas con el trabajo y con su padre–. Y si te preocupa que te pida algún tipo de apoyo económico, no tienes por qué. Preferiría lavar platos antes que aceptar nada tuyo.

El ambiente estaba cada vez más caldeado.

–¿Te dan miedo los aviones pequeños?

Maddy abrió la boca y volvió a cerrarla. ¿De qué demonios hablaba? ¿No había oído lo que acababa de decir?

–He venido en un pequeño bimotor –explicó él–. Hay espacio de sobra, pero hay gente a la que le da miedo volar en ese tipo de aviones. Pero, no sé por qué, tengo la impresión de que no eres miedosa.

–Hablaba en serio cuando…

–Cuando hiciste esa promesa a Dahlia –terminó de decir él–. No pretendo que me comprendas, pero debes saber que quiero que cumplas tu promesa. Quiero hacer lo mejor para el bebé, quiero darle un hogar –comenzaron a brillarle los ojos bajo la luz artificial de la cafetería–. Ven con nosotros a Leadeebrook.

Aquello estuvo a punto de cortarle la respiración. ¿Cómo se atrevía a mostrarse ahora tan amable? Era exasperante. Pero, por mucho que le costara admitirlo, lo cierto era que le había conmovido el cariño que había percibido en su voz. Quizá sí hubiera algo de humanidad dentro de Jack Prescott después de todo.

Jack debió de darse cuenta de sus dudas, porque se acercó a agarrar el cochecito del niño.

Ella meneó la cabeza, confundida.

–No estoy segura…

Pero entonces lo vio sonreír… y era una sonrisa increíble, capaz de hacer derretir a cualquiera.

–Me parece que sí que lo estás, Maddy –dijo antes de echar a andar y, cuando vio que ella lo seguía, añadió–: Tienes dos semanas.

Capítulo Tres

Cuatro días después, Maddy se agarró con fuerza al reposabrazos de su asiento mientras el avión privado de Jack Prescott tomaba tierra en la pequeña pista de Leadeebrook.

Jack le había dado dos semanas para cumplir la promesa que le había hecho a Dahlia. Dos semanas, ni un día más, para asegurarse de que Beau quedaba bien instalado en su nueva casa, con su nuevo tutor. A Maddy le habría gustado disponer de más tiempo, o al menos de la posibilidad de prolongar su estancia allí si fuese necesario. Pero, en el poco tiempo que hacía que conocía a Jack, había descubierto algo sobre él, no hablaba solo por el placer de escuchar su propia voz. Estaba dispuesto a tolerar su presencia allí durante catorce días y seguramente Maddy debía de sentirse agradecida de que hubiese abierto los ojos y hubiese aceptado el plan.

Nada más salir de la avioneta sintió un golpe de calor en la cara y tuvo el impulso de darse media vuelta y volver al frescor de la pequeña embarcación. Sin embargo apretó los dientes y se enfrentó al brillo cegador del sol.

Echó un vistazo a su alrededor, a las interminables llanuras de hierba seca, a los eucaliptos desperdigados por el terreno y a las colinas que se alzaban a cierta distancia.

21

Tuvo que hacer un esfuerzo para tragar saliva porque la garganta se le había quedado completamente seca.

Prácticamente en cualquier parte de Australia llegaba a hacer el calor suficiente para freír un huevo en el suelo, pero aquello era diferente; era un calor seco que le hizo pensar que en menos de una semana acabaría tan deshidratada como las hojas sin vida de aquellos tristes eucaliptos. ¿Quién elegiría vivir en aquel lugar abandonado de la mano de Dios? No le extrañaba nada que Dahlia hubiese escapado de allí.

–Bienvenida a Leadeebrook.

Maddy se dio media vuelta al oír la voz de Jack, que acababa de salir de la avioneta con sus gafas de aviador, la bolsa de pañales colgada de un brazo y Beau en el otro.

Maddy lo miró y sonrió. El vaquero de hierro parecía casi relajado y no había la menor duda de que Beau lo estaba, acurrucado contra su pecho, lo cual era buena señal. Maddy había estado tan preocupada.

Después del accidente de Dahlia había decidido tomarse un tiempo libre del trabajo para estar con el pequeño día y noche. Su padre comprendía la situación, pero no le hacía ninguna gracia que su joven publicista estrella se tomase tan largo permiso. Claro que menos gracia le había hecho aún cuando le había dicho que necesitaba dos semanas más, pues Drew Tyler no quería ninguna excusa para no conseguir aquel negocio. Maddy había tratado de tranquilizarlo. La campaña de Pompadour Shoes and Accesories estaba ya casi cerrada, prácticamente solo faltaban las firmas de los interesados. Volvería a tiempo para atar cualquier cabo suelto y dejarlo todo arreglado, pero aquellas dos semanas eran de Beau y en aquel momento, en aquel ambiente desconocido, Maddy se sintió más responsable de aquel bebé de lo que jamás habría imaginado que fuera posible.

Cuando Jack le había dicho que saliera de la avioneta y que él sacaría al niño, Maddy había estado a punto de protestar de manera automática. Se había acostumbrado a sentir el peso del bebé, su aroma y a ver su sonrisa y había creído que debía ser ella la que lo tuviera en brazos cuando conociera su nuevo hogar. Pero entonces había resonado en su mente el último deseo de su amiga.

Su misión era hacer todo lo que estuviera en su mano para crear un ambiente propicio para que Jack y Beau se adaptaran el uno al otro, después podría marcharse tranquilamente con la certeza de que el bebé estaría bien y que recibiría el amor que merecía.

Para conseguirlo debía dejar espacio a Jack.

Algo se tensó en su pecho al ver que el pequeño abría los ojitos y miraba a Jack con curiosidad, a lo cual él respondió del mismo modo.

La actitud de Jack había cambiado ligeramente con respecto a su sobrino y parecía que ahora que había dejado atrás el funeral de su hermana, había empezado a mostrar cierto interés por el niño. Lo miraba con ternura e incluso había esbozado alguna que otra sonrisa, pero era la primera vez que lo agarraba en brazos; seguramente aquellos pequeños pasos eran las semillas de algo que se convertiría en una relación llena de mutuo amor. Quizá, a pesar del recelo inicial de Maddy, fuera posible que el deseo de Dahlia se hiciese realidad y que, para cuando ella regresara a Sydney, aquel duro vaquero se hubiese abierto un poco a la persona que más lo necesitaba en el mundo.

Maddy se acercó a ellos, pero en lugar de agarrar al bebé, se limitó a acariciarle la cabecita y a sonreír.

—Estás despierto. No puedo creer que se haya pasado todo el vuelo durmiendo.

—¿No es eso lo que hacen los bebés? ¿Dormir? —le preguntó, bajándose las gafas de sol.

Jack la miró con incertidumbre y Maddy sintió un escalofrío que le recorrió el cuerpo entero. El atractivo sexual de aquel hombre era algo más que intenso; era fascinante. La necesidad de acercarse a él y dejarse atraer de verdad resultaba casi irresistible.

Era evidente que Jack no pretendía hacerla derretir cada vez que estaban a menos de un metro de distancia. No había la menor duda de que no tenía ese tipo de interés en ella, por eso Maddy preferiría que no la mirara de ese modo, como si lo desconcertase o despertase su curiosidad. Como si quisiese descubrir qué se sentía al besarla.

Maddy apartó la mirada con culpabilidad.

No solo no tenía ningún sentido que sintiese esas cosas, además era peligroso. Si quería soportar todos aquellos días, y aquellas noches, en medio de ninguna parte junto a un hombre tan absolutamente tentador, debía prometerse algo a sí misma. No importaba lo atraída que se sintiese por Jack, no importaba cómo la mirara él… Maddy debía asegurarse de que lo único que le subiese la temperatura fuera el calor achicharrante del Outback.

Una vez recuperada la compostura, irguió la espalda y respondió:

—Los bebés hacen otras cosas aparte de dormir.

—Claro. También comen.

Entonces él la miró con una expresión sexy e inocente al mismo tiempo que le arrancó una sonrisa.

—No sabes absolutamente nada de bebés, ¿verdad?

—No, a no ser que cuenten las crías de cordero.

Comenzó a caminar hacia la casa y Maddy lo siguió, pero aminoró el paso al ver el lugar que Jack consideraba su casa y que en realidad parecía un palacio.

La vivienda de Leadeebrook era un lugar impresionante por su elegancia y la sensación de fuerza que transmitía. La imagen del edificio era un símbolo de los días en los que la riqueza y la gloria del país dependían del comercio de ovejas. Un grupo de cacatúas rosas gritó desde el cielo, lo que sacó a Maddy de su ensimismamiento e hizo que acelerara el paso para seguir a Jack.

Fue entonces cuando vio un perro delgado que corría hacia ellos, dejando una nube de polvo tras de sí, y sintió que el miedo se apoderaba de ella.

Los perros eran imprevisibles, por eso no le gustaba tenerlos cerca y mucho menos que se acercaran a Beau. Pero claro, aquello era una explotación ganadera, ¿cómo no se le había ocurrido antes que habría perros pastores? Seguramente habría más de uno o de dos.

Maddy apretó los puños y sintió que se le aceleraba la respiración. Hacía años que no tenía un ataque de pánico, pero reconoció los síntomas de inmediato y tomó las medidas necesarias para controlarlo.

«Respira tranquila, recupera la calma».

Pero el perro seguía acercándose, así que Maddy se

preparó para lanzarse en plancha a proteger al bebé. Si alguien salía herido, no sería Beau.

En el último momento el perro los esquivó y Maddy comprobó que volvía a bajarle la adrenalina y la respiración recuperaba su ritmo habitual… hasta que se dio media vuelta y se dio cuenta de que el perro se había quedado detrás de ellos, como un lobo acechando a un cordero.

–Ven aquí –gritó entonces Jack y el animal corrió de inmediato junto a su amo, con las orejas gachas y los ojos llenos de adoración–. Ven a conocer a Nell –le dijo a ella.

Maddy prefería no hacerlo, pero hizo un movimiento de cabeza a modo de saludo.

–Hola, Nell.

Jack la observó unos segundos, frunciendo el ceño.

–¿No te gustan los perros?

–Digamos que soy yo la que no les gusto a ellos –no tenía intención de dar más explicaciones–. Pero está claro que a ti te adora.

–Es una perra de trabajo –apretó los dientes un segundo antes de añadir–: O más bien lo era.

Maddy inclinó la cabeza. El animal aún parecía estar muy ágil, por eso no comprendía por qué ya no servía para trabajar. Pero tenía otra pregunta más importante que hacerle.

–¿Qué tal se porta con los niños?

–No tengo ni idea.

Mientras seguían caminando hacia la casa, la perra no dejó de moverse a su alrededor como si fueran un rebaño humano. Maddy mantuvo la calma exterior, pero seguía teniendo el pulso acelerado. Aunque era evidente que Nell estaba muy bien educada y que no había nada que temer. La reacción de Maddy no era más que una respuesta a un estímulo del pasado, aunque era consciente de que el hecho de que años atrás la hubiera atacado un perro no significaba que fuera a suceder de nuevo.

«Respira hondo. Mantén la calma».

Al pasar junto a ella, la perra le rozó la mano con el rabo y Maddy reaccionó con una tos nerviosa.

Jack lanzó un silbido que bastó para que Nell se alejara de ellos corriendo, y dejándolos envueltos en una nube de polvo. Al notar el polvo en la boca, Maddy pensó que necesitaba un buen baño y una copa.

Jack se volvió a mirarla de nuevo.

—Hay cobertura de sobra para el teléfono móvil, por si lo necesitas.

—Bueno es saberlo, gracias.

—¿Has traído algún pantalón vaquero?

—Claro —unos de última moda.

—Estupendo.

Aquello le provocó un escalofrío de preocupación.

—¿Por qué?

—Porque no puedes montar a caballo con un vestido.

Maddy parpadeó y luego se echó a reír.

—Yo no monto —y mucho menos a caballo. Ni siquiera se había subido a una bicicleta desde los doce años.

Jack frunció el ceño.

—¿Tampoco te gustan los caballos?

—No sabía que fuera un delito.

Seguramente él dormía con la silla de montar bajo el brazo y el sombrero puesto.

–Entonces no te gustan los animales.

–No de cerca.

–¿Y qué es lo que te gusta? –siguió preguntándole él con una especie de gruñido.

–Me gusta el teatro, la crema de chocolate y los días de lluvia cuando no tengo ni que levantarme de la cama.

–¿Haces a menudo lo de no levantarte de la cama?

Maddy lo miró detenidamente. ¿Estaba hablando en serio? La expresión de su rostro era tan enigmática que no sabía qué pensar.

–Lo que quería decir… –comenzó a explicarle con paciencia– es que me encanta acurrucarme en la cama con un montón de almohadones y leer mientras oigo cómo cae la lluvia.

Jack volvió a gruñir, pero siguió caminando mientras ella se secaba el sudor de la frente. La magnífica casa empezaba a parecerle un espejismo. Unos minutos después, sin embargo, llegaron por fin al porche. El bebé parecía tranquilo y la perra había desaparecido. Parecía que Jack se mostraba un poco más abierto aquel día, a su modo, claro. Quizá pudiera aprovechar para saber algo más de él.

–¿Y qué me dices de ti?

–¿De mí?

Maddy meneó la cabeza. Era imposible hablar con aquel hombre.

–¿Te gusta leer, Jack?

–No –respondió tajantemente.

Maddy parpadeó. Era como si le hubiese preguntado si se ponía tacones de aguja los sábados por la noche.

–Pero sí que montas a caballo –quizá aquello no necesitase una respuesta, puesto que era obvio–. Supongo que también enseñarás a montar a Beau algún día –siguió intentándolo.

–Supongo.

Maddy asintió lentamente y fue entonces cuando se dio cuenta de que aquello sería definitivo. Nada más salir de la avioneta había empezado a contar el tiempo que faltaba para poder largarse de allí, pero ahora sabía que eso significaría también alejarse de Beau. ¿Cuándo volvería a verlo, si eso llegaba a suceder? Seguramente Jack tuviera que ir a Sydney de vez en cuando y entonces podría llevarlo consigo.

Maddy estaba inmersa en todos aquellos planes cuando apareció una mujer con un delantal blanco. Tenía el cabello corto y negro, aunque salpicado de canas y unos dulces ojos marrones. En cuanto abrió la puerta llegó hasta ellos un delicioso olor a bizcocho que hizo que a Maddy se le hiciera la boca agua. La mujer extendió ambos brazos para saludar a Maddy, que sonrió al ver que tenía la cara ligeramente manchada de harina y transmitía una maravillosa sensación de hogar.

–Tú debes de ser Madison –dijo la mujer–. Yo soy Cait. Bienvenida a Leadeebrook.

–Jack me ha hablado mucho de ti.

No era totalmente cierto; en realidad solo le había dado un mínimo de información y todo ello después de una buena dosis de presión por parte de Maddy. Cait Yolsen era el ama de llaves de Leadeebrook desde hacía diez años. Era viuda, tenía dos hijos y dos nietos. Eso y que era una estupenda cocinera era todo lo que sabía Maddy sobre ella.

Cait se acercó al bebé, que la miró con los ojos abiertos de par en par, aferrándose al brazo de su tío.

–Vaya, vaya, qué niño más guapo –dijo el ama de llaves con una tierna sonrisa y luego miró a Maddy–. ¿Ha dormido todo el camino?

–Sí, se ha portado como un ángel –respondió Maddy antes de dirigirse a Jack–. ¿Verdad?

Jack asintió levemente, pero en sus labios apareció algo parecido a una sonrisa de aprobación.

–Supongo que habrá que cambiarle el pañal –dijo Cait.

–Estoy segura –convino Maddy.

Y ambas dijeron a la vez:

–Yo me encargo.

Pero Jack se dio media vuelta, apartando al niño de aquellos dos pares de manos, ansiosos por cambiarle.

–¿Acaso da la sensación de que necesito ayuda?

Maddy parpadeó.

–¿Quieres cambiarle tú? –al ver el gesto desafiante con que la miraba, trató de decirlo de otro modo–. Quiero decir, ¿no necesitas aprender primero?

–Soy capaz de esquilar doscientas ovejas en un solo día, creo que podré echar polvo de talco y abrir y cerrar un par de imperdibles –declaró al tiempo que pasaba de largo, hacia el interior de la casa.

No encontraría ningún imperdible, puesto que Beau llevaba pañales desechables, pero Maddy prefirió no decírselo. Si Jack quería asumir sus responsabilidades de inmediato, si necesitaba demostrarse a sí mismo que podía hacerlo, ¿quién era ella para llevarle la contraria?

Al fin y al cabo, era capaz de esquilar doscientas ovejas en un día.

Maddy vio a Nell en lo alto de los escalones del porche, no se perdía ni el más mínimo movimiento de Jack.

–Debes de estar muerta de sed –le dijo Cait mientras subía los escalones.

Maddy lo hizo también, pero esperó a que la perra hubiera entrado en la casa tras Jack.

–La verdad es que un poco sí.

–¿Te apetece una taza de té?

–Preferiría algo frío, si es posible.

–Mi marido era ganadero –respondió Cait en tono comprensivo–. Llevábamos dos semanas saliendo y cuando quise darme cuenta estábamos casados y trabajando en estas tierras llenas de arena y cocodrilos. La verdad es que nunca pensé que pudiera acostumbrarme al calor, al polvo y a las moscas –hizo una pausa para sonreír–. Pero acabas acostumbrándote.

–No voy a estar aquí el tiempo suficiente para comprobarlo.

Su vida estaba en Sydney, su trabajo, sus amigos... una vida plena y emocionante. Iba a ser muy duro tener que despedirse de Beau, pero estaba completamente segura de que no echaría de menos aquel lugar.

Cuando estaban ya a punto de llegar a la puerta, Cait se detuvo y le puso una mano en el brazo.

–Siento mucho lo de la pobre Dahlia. Debías de ser muy amiga suya para ofrecerte a ayudarla de este modo.

Maddy recordó lo duro que había sido el funeral del día anterior; había pasado todo el rato con Beau en los brazos y sin poder dejar de llorar. Jack se había sentado junto a ella, pero en ningún momento le había visto perder la calma. Los amigos de la universidad de Dahlia habían recitado poemas y contado anécdotas y, en todo momento, Jack había permanecido con la mirada clavada en el frente.

Maddy respiró hondo e hizo un esfuerzo por volver al presente.

–Dahlia era mi mejor amiga, la mejor que he tenido nunca.

Jamás había estado demasiado ocupada como para no poder escucharla, nunca la había juzgado, ni había sido antipática con ella. Dahlia había sido la mejor persona que Maddy había conocido. Lo cual hacía que se preguntase cómo era posible que dos hermanos de padre y madre hubieran salido tan distintos. Porque Jack debía de ser la persona con peor genio del hemisferio sur.

–El pequeño tiene mucha suerte de tenerte.

Maddy sonrió.

–Dahlia quería que Jack se hiciera cargo de él –le explicó Maddy–. Y yo le prometí que lo ayudaría al principio.

Cait bajó la mirada.

–Estoy segura de que sabía bien lo que hacía.

Maddy se detuvo un segundo. ¿También Cait tenía dudas sobre si Jack era el tutor más adecuado para el pequeño? Dahlia no se había llevado bien con él, Maddy estaba segura de que jamás conseguiría traspasar su armadura. Sin embargo Nell lo adoraba, pero claro, Nell era un perro.

Se preguntó cómo había tratado a su mujer.

De repente se oyó una maldición y las dos mujeres se sobresaltaron. Maddy se llevó la mano al estómago.

Jack. Se le encogió el estómago al pensar que pudiera habérsele caído el niño.

Cait entró a la casa corriendo y Maddy la siguió. En la primera habitación que había a la izquierda encontraron al bebé, tumbado sobre un cambiador. Jack estaba agachado frente a él, con gesto adusto. Se miraba una mancha que tenía en la camisa mientras Beau daba patadas y hacía ruiditos. Nell estaba sentada en un rincón, observando la escena.

El bebé debía de haberse hecho pis en cuanto Jack le había quitado el pañal.

Maddy se tapó la boca para no reírse. A veces los hombres más fuertes eran como niños.

–Veo que has tenido un accidente –comentó, aún tratando de no reírse.

–No he sido yo el que lo ha tenido –se llevó la mano a la camisa–. Al menos tiene buena puntería.

Se oyó la risa de Cait.

–Os dejo para que solucionéis la crisis –dijo y luego preguntó si podía ir preparándole el biberón. Maddy le dio el bote de la leche y el biberón–. Vamos, Nell –el ama de llaves salió de la habitación seguida de la perra.

Y Maddy respiró, aliviada.

Una vez limpio y con un pañal nuevo, Maddy agarró al pequeño y le dio un beso en la frente.

–Me extraña que no se haya puesto a llorar cuando has soltado ese grito –admitió mientras le frotaba la espalda al pequeño–. Pensé que se te había caído.

Al darse la vuelta, Maddy se quedó inmóvil y sintió un estremecimiento en todo el cuerpo. Allí estaba Jack, frunciendo el ceño y quitándose la camisa mojada. Estaba bronceado e increíblemente fuerte.

Maddy tuvo la sensación de que la habitación se hacía de pronto más pequeña y oscura. Se humedeció los labios con la lengua inconscientemente.

Jack Prescott tenía el mejor torso que había visto en su vida, incluyendo los de los modelos publicitarios. Tenía los bíceps ligeramente marcados y una ligera cantidad de vello en el pecho. Maddy sabía que tendría la piel caliente y los músculos duros como una roca.

Tuvo que apartar la mirada.

Si era así de cintura para arriba…

Jack se despojó de la camisa mojada y la tiró al suelo maldiciendo entre dientes.

Había ayudado a nacer a más corderos de los que alcanzaba a recordar; comparado con eso, aquello era un juego de niños, literalmente. Que un bebé le hiciera pis encima no era un gran problema. Tres años antes habría dado cualquier cosa por vivir ese tipo de experiencia… por tener la oportunidad de cuidar de su propio hijo.

La emoción le encogió el corazón, pero aplacó el dolor antes de que aquellos tristes recuerdos se apoderaran de él. Era mejor no sentir nada que sentir rabia.

E impotencia.

Cuando levantó la vista se encontró con Maddy, mirándolo, inmóvil y boquiabierta, con Beau en los brazos. Enseguida apartó la vista, pero Jack, completamente desprevenido, sintió que se le contraían los músculos y surgía en él una incipiente excitación.

Respiró hondo y apretó la mandíbula.

Ya había reconocido lo que sentía hacia Madison Tyler. Era guapísima e inteligente, también tenía agallas. Cuando Jack Prescott se ponía serio, la mayoría de la gente tenía la sensatez de salir corriendo, ella, sin embargo, se había mantenido firme y había insistido en cumplir la promesa que le había hecho a su hermana. Y Jack la admiraba por ello. Sinceramente, se sentía intrigado por aquella mujer. Pero la atracción física que despertaba en él no iba a llevarlo a ninguna parte. Prácticamente estaba prometido. Incluso aunque hubiese sido libre, Maddy no era lo que necesitaba, ni tampoco él era lo que necesitaba ella. Era obvio que no le impresionaba nada lo que para él era más importante en la vida: aquella tierra árida e interminable. Por Dios, si ni siquiera le gustaban los caballos, mientras que Tara era la única mujer que conocía capaz de seguirle el ritmo galopando.

¿Entonces por qué no podía apartar la mirada de sus piernas?

Porque eran perfectas, por eso. Eran esbeltas y de piel clara, una piel que se moría por comprobar si era tan suave como parecía.

Una ligera protesta del bebé hizo que Jack volviera a la tierra de golpe. Se pasó la mano por el pelo y tragó saliva. No podía permitirse el lujo de perder el tiempo con fantasías y menos si lo que imaginaba era a su invitada vestida con un camisón transparente que se movería suavemente con una brisa nocturna de verano.

Al oír pasos en el pasillo tuvo que volver en sí de verdad. Necesitaba pensar en otra cosa, así que agarró la camisa del suelo. Mientras, Maddy, que también parecía necesitar algún tipo de distracción, se puso a organizar la bolsa del niño.

—El biberón está preparado —anunció Cait—. A mí no

me importa dárselo, para recordar viejos tiempos –el ama de llaves extendió los brazos y Beau hizo lo mismo con uno de los suyos, lo que hizo que Cait sonriera, encantada–. Parece que no he perdido mi toque mágico con los niños –entonces se fijó en el torso desnudo de Jack–. ¿Quieres que te traiga una camisa limpia?

–No te preocupes, ya voy yo –respondió él.

Cuando se disponía a salir, el ama de llaves le dijo:

–He dejado té y una jarra de limonada bien fría en el porche.

Maddy le dio las gracias y luego miró rápidamente a Jack. En realidad solo se habían observado durante unos breves segundos. No eran más que un hombre y una mujer que, por un momento, se habían dejado llevar por una lógica atracción física.

Nada más.

No volvería a ocurrir porque Jack no había llevado allí a Madison Tyler con la intención de seducirla. Estaba en su casa por el bien del bebé. Se lo debía a su hermana, pero en dos semanas, Maddy se marcharía de Leadeebrook y de su vida. Así que no tenía ningún sentido complicar las cosas.

Se dirigió a la puerta y no se detuvo cuando oyó la voz de Maddy a su espalda.

–Cait va a serte de gran ayuda con Beau –comentó en tono distendido.

–Sí, sé que cuidará muy bien de él.

–¿Entonces no vas a contratar a ninguna niñera?

–No la necesito.

Tara quería una familia y ahora, estuviesen o no preparados, ya tenían una. Pero por el momento no iba a hablar a Maddy de la futura madrastra de Beau. Ya tendría tiempo de hacerlo… y de decirle a Tara que estaba a punto de convertirse en madre. Una vez asimilara la noticia, estaba seguro de que estaría encantada. Pero no era algo que pudiera contarle por teléfono, se lo diría en persona y en privado.

Eso sí, tendría que esperar hasta el día siguiente.

Mientras cruzaba el umbral de la puerta sintió la mirada de Maddy clavada en su espalda, así que se volvió a hablarle, pero sin mirarla a los ojos.

–Voy a ponerme una camisa y, si te parece, nos tomamos ese té.

Un segundo después se encontraba en su dormitorio, poniéndose una camisa frente al espejo. Fue entonces cuando notó movimiento en el pasillo y se volvió a mirar convencido de que sería Nell. Pero se encontró con Maddy, que esa vez no lo miraba a él, sino que tenía la vista clavada en la foto que descansaba sobre la cómoda.

Se quedó pálida y visiblemente avergonzada.

–Yo… lo siento –dijo, tartamudeando–. Pensé que era la habitación de la lavadora, no se me ocurrió que el dormitorio principal estuviera en la planta baja.

Jack la agarró del brazo sin molestarse en cerrarse la camisa o meterse los faldones bajo el pantalón, y la sacó al pasillo. ¿Por qué lo seguía como si fuese un ternerillo recién nacido? ¿Acaso intentaba ponerlo nervioso?

Una vez en el pasillo, la soltó y se dijo a sí mismo que esa sería la última vez que la tocaría. Si mirarla era peligroso, rozarla siquiera era mil veces peor. ¿O mil veces mejor?

Meneó la cabeza para apartar aquel pensamiento

cuanto antes y se dirigió al porche mientras se abrochaba los botones. Una vez allí, descubrió que Cait les había servido también una bandeja con bizcocho y galletas caseras. Jack agarró un trozo de bizcocho, le dio un mordisco y perdió la mirada en las llanuras, retándola a hacerle la pregunta que sin duda se moría por hacerle. Casi podía oír las palabras retumbando en su cabeza.

«La mujer de la foto… ¿era tu mujer?».

Pero Maddy no dijo nada, simplemente se sentó al otro lado de la pequeña mesa cuadrada, mirando hacia fuera, como estaba él. Sirvió una taza de té y un vaso de limonada y se quedó mirando al campo. Jack fue relajándose poco a poco.

Pasaron varios minutos antes de que se viera a lo lejos a tres canguros adultos. Maddy suspiró.

–Qué tranquilidad –dijo y miró a otro lado de la propiedad–. ¿Dónde están las ovejas?

–No tengo ovejas.

Ella lo miró, sorprendida.

–Me deshice de ellas… hace tres años.

Maddy parpadeó y luego asintió como si lo comprendiera. Pero no era así. A menos que hubiera pasado por la misma pesadilla, nadie podía comprender lo que significaba perder a una esposa y a un hijo el mismo día. Desde entonces el mundo entero se había vuelto oscuro, tan oscuro como su corazón. Habían dejado de importarle las ovejas y el dinero. No le había importado nada.

–¿Qué haces en una explotación ganadera sin ganado? –le preguntó después de un rato–. ¿No te aburres?

Jack dejó la taza sobre la mesa y dijo algo que debería haber sido obvio.

–Leadeebrook es mi hogar.

La gente de ciudad no sabía apreciar todo lo que ofrecía la tierra. La libertad para pensar, el espacio. Por mucho que su padre había intentado abrirle los ojos a su madre, ella tampoco había llegado a apreciarlo nunca. Además, había mucho trabajo de mantenimiento para estar ocupado si se quería.

–Aquí se vive de otra manera. Es muy diferente a la ciudad –explicó mientras se servía el azúcar.

–Mucho.

–No hay contaminación.

–Ni gente.

–Como a mí me gusta.

–¿No echas de menos la civilización?

La miró con gesto inexpresivo.

–No, prefiero ser un bárbaro.

Ella apretó los labios, considerando la idea.

–Es una palabra muy fuerte, pero la verdad es que…

Jack tenía intención de quedarse mirándola fijamente, pero de pronto se encontró sonriendo. Ella sonrió también y se recostó sobre el respaldo de la silla.

–¿Cuántas hectáreas tienes?

–Ahora mismo, algo más de dos mil, pero en sus buenos tiempos, Leadeebrook llegó a tener ciento veinte mil hectáreas en los que pastaban doscientas mil ovejas. Después de la Segunda Guerra Mundial se necesitaba tierra para la agricultura, así que mi bisabuelo y mi abuelo decidieron vender algunos acres a los antiguos soldados que querían instalarse en la zona. Esto es tierra fértil y ahora la agricultura es la base de la economía de la zona. Da trabajo a mucha gente.

–Lo retiro –dijo ella con sincero respeto–. No eres ningún bárbaro.

–No hables hasta que hayas probado la serpiente que preparo a las brasas.

Maddy se echó a reír.

–Tienes sentido del humor –pero entonces dejó de sonreír–. Estás de broma, ¿verdad?

Jack se limitó a ponerle más azúcar al té.

Entonces ella se giró hacia él para poder mirarlo.

–¿Tuviste una infancia feliz aquí?

–No podría haber sido mejor. Mi familia tenía dinero, pero vivíamos de una manera sencilla, trabajando duro.

–¿Dónde fuiste a la escuela?

–Primero al pueblo y luego a un internado de Sydney. Volvía a casa en vacaciones y ayudaba con todas las tareas; esquilaba, marcaba a los animales, los ayudaba a parir…

–Haces que parezca casi romántico –dijo con una dulce sonrisa en los labios.

¿Casi?

Jack apartó la mirada de ella y la perdió en el horizonte.

–¿Alguna vez has visto una puesta de sol como esta? Lo veo y pienso que así es como Dios quería que viviéramos, no corriendo de un lado a otro como locos, o metidos en oficinas catorce horas al día. Esto es el paraíso.

Sue habría dicho exactamente lo mismo.

Siguieron allí sin decir nada, mirando cómo el cielo se teñía de los colores del ocaso. Jack solía salir allí a empaparse de naturaleza y a veces conseguía sentirse en paz durante un momento.

–¿Vas a volver a criar ganado? –le preguntó ella un rato después.

Jack había invertido en propiedades por todo el país y, a pesar de la crisis que atravesaba la industria de la lana, lo cierto era que su economía era mejor de lo que había sido nunca la de sus antepasados, por lo que a veces albergaba la esperanza de devolver todo su esplendor a Leadeebrook. Sue y él habían hablado mucho de aquellos planes, sobre todo durante la última etapa del embarazo. Habían tenido tantas ilusiones y proyectos. Pero ahora...

Volvió a encogérsele el estómago.

Ahora iba a hacerse cargo del hijo de Dahlia y le ofrecería todas las oportunidades del mundo. Iba a cuidar de él como un padre. Pero aquella sensación...

Cuánto desearía volver a ser el hombre que había sido en otro tiempo, pero ese hombre había muerto junto a su mujer y a su hijo.

–No –respondió, con la mirada clavada en el horizonte–. No voy a volver a criar ganado.

Maddy estaba haciéndole otra pregunta, pero él tenía la cabeza en otro sitio, en el ruido de un motor que se oía a lo lejos. Conocía bien ese ruido. Y a la conductora.

«Madre mía».

Se puso en pie y gruñó.

Aún no estaba preparado para aquella reunión.

Capítulo Cuatro

El Land Cruiser blanco dio un frenazo a pocos metros de un tanque de agua que había cerca de la casa. Salió una mujer que, sin cerrar la puerta del coche, se dirigió a los escalones del porche.

Maddy se agarró a la silla y miró a Jack.

Había oído el motor antes que ella, se había puesto en pie y se había quedado inmóvil junto a la barandilla del porche. Cuando la mujer llegó junto a él, ninguno de los dos dijo nada, ella se limitó a ponerse de puntillas, echarle los brazos alrededor del cuello y pegar su mejilla contra la de él.

Maddy echó la cabeza hacia atrás, como si quisiera fundirse con la sombra de la pared porque era evidente que aquella escena era solo para dos. ¿Quién era aquella mujer? Si no era la amante de Jack Prescott, sin duda estaba deseando serlo.

Maddy bajó la mirada.

La mujer llevaba unas carísimas botas de montar. Era esbelta y fuerte, con una larga melena del color del ébano; podría ser el equivalente humano a un preciado purasangre. Tenía una piel aceitunada y unos ojos negros que miraban a Jack con verdadero cariño… y con pasión.

Maddy apretó los labios.

Parecía que Jack había superado la muerte de su esposa, la mujer de cabello rojizo cuya fotografía había visto sobre la cómoda de su dormitorio. Antes, cuando se habían quedado mirándose a los ojos el uno al otro, bueno, ella también le había mirado al pecho, Maddy había creído que él también había sentido algo. Había llegado a la conclusión de que por eso se había mostrado tan brusco después, porque no había sabido cómo afrontar esa atracción que él también había sentido. Pero ahora se daba cuenta de que todo había sido producto de su imaginación, que solo ella había sentido aquella inesperada reacción. Jack solo se había quedado desconcertado cuando la había visto observándolo boquiabierta. Seguramente había sentido vergüenza y rabia. Estaba claro que estaba con aquella mujer, una mujer capaz de atrapar a cualquier hombre, incluso a un hombre isla como Jack Prescott.

Con una sonrisa cariñosa pero tensa, Jack se quitó los brazos de la mujer del cuello.

—Estás en casa —dijo ella y entonces su mirada adoptó un aire de reprobación—. Ojalá me hubieras dejado que fuera contigo a Sydney. Ha debido de ser horrible tener que afrontar el funeral tú solo.

Jack le tomó la mano y se giró hacia Maddy.

—Tara, he venido acompañado.

La mujer puso la espalda recta y se giró también. Fue entonces cuando vio a Maddy y la expresión de su rostro cambió por completo.

Maddy se sonrojó. Sabía perfectamente lo que estaba pensando aquella mujer, podía ver la acusación en sus ojos. Pero en realidad no había motivo para ello; Jack y ella ni siquiera eran amigos, así que cuanto antes lo supiera, mucho mejor. Maddy se puso en pie al mismo tiempo que Jack la presentaba.

–Esta es Madison Tyler –dijo y luego señaló a la mujer–. Tara Anderson.

–Madison, no nos conocemos –Tara esbozó algo parecido a una sonrisa–, ¿verdad?

Pero fue Jack el que habló.

–Maddy va a quedarse en Leadeebrook un par de semanas.

–Ah –la sonrisa de Tara se hizo aún más inestable–. ¿Por qué?

Cait apareció en ese momento antes de que nadie pudiera contestar. El ama de llaves, con Beau en brazos, dejó de sonreír también al ver a la recién llegada.

–Tara, querida. He oído el coche y pensé que sería Snow.

Tara miró al bebé y luego a Jack sin decir nada, pero no había que ser muy inteligente para saber lo que estaba pensando. Estaba claro que creía que el bebé era de Jack y Maddy. Sin embargo Tara Anderson parecía estar haciendo un esfuerzo por no pensar lo peor; quería confiar en el hombre al que sin duda amaba. Le puso la mano en el brazo como si tuviera miedo de que fuera a desaparecer y le preguntó con la voz quebrada:

–¿Jack…?

–Es el hijo de Dahlia –respondió él en tono sombrío–. Maddy era amiga de Dahlia. Le prometió a mi hermana que se aseguraría de que el niño quedaba bien instalado aquí, conmigo.

Tara respiró con evidente alivio, pero había algo que seguía preocupándole.

–El hijo de Dahlia… –murmuró antes de mirar a Jack a los ojos–. ¿Tú estás de acuerdo con esto, Jack? ¿Has aceptado acoger al bebé? Pensé que habías dicho que…

Él frunció el ceño.

–No vamos a hablar de eso ahora.

–¿Y cuándo pensabas hablarlo conmigo? –preguntó ella–. ¿Hace cuánto que lo sabes?

Él no dijo nada, apretó los labios y se volvió a mirar al horizonte.

Maddy tenía un nudo en el estómago. Tara buscaba respuestas y, aun sin saber bien lo que había entre ellos, Maddy pensaba que las merecía. Sin embargo Jack no parecía dispuesto a hablar. Era tan testarudo.

Sabía que no era asunto suyo y que no tenía por qué intervenir, pero si podía hacer algo por aliviar un poco la tensión ofreciéndole una mano a Tara, prefería hacerlo. Si Tara y Jack estaban tan unidos como parecía, Beau iba a verla a menudo, más que a su tía Maddy.

–¿Vives en el pueblo, Tara? –le preguntó, acercándose a ella.

Tara la miró, desconcertada, como si se hubiera olvidado por completo de su presencia.

–Soy la dueña de las tierras colindantes con estas –respondió, con actitud ausente, pero entonces soltó aire y la miró con gesto de disculpa y una tenue sonrisa en los labios–. Perdóname por ser tan brusca. Es que… –miró un momento a Jack–. Estos últimos días he estado muy preocupada.

–¿Te quedas a cenar? –preguntó entonces Cait.

Tara volvió a buscar la mirada de Jack, para ver qué le parecía la idea. Cuando Jack se volvió a mirar a Tara ya no tenía el ceño fruncido.

–Claro, quédate a cenar –dijo, agarrándole la mano.

Pero Tara miró rápidamente al bebé y a Maddy y habló en tono distendido.

–Me encantaría, pero tengo que ir al pueblo. Tengo una cena con un comprador.

Jack se cruzó de brazos y se apoyó en la barandilla de hierro.

–¿Qué caballo vas a vender?

–A Hendrix –entonces se dirigió a Maddy–. Crío *warmbloods* –le explicó.

Maddy enarcó ambas cejas. No tenía la menor idea de lo que eran warmbloods, pero fingió sentir el mismo interés que Jack.

–Es… genial.

–Son caballos que suelen utilizarse en los deportes ecuestres –le explicó Jack–. Tara ha entrenado a verdaderos campeones, especialmente hannoverianos.

Maddy siguió sonriendo. No le extrañaba que Jack estuviera con aquella mujer. Era guapa y además criaba caballos campeones. ¿Qué más podía desear un hombre?

Tara agarró del brazo a Jack en un gesto elegante y ligeramente posesivo.

–¿Me acompañas al coche?

Jack se separó de la barandilla.

–Si no te veo antes de volver a Sydney –dijo Maddy–, encantada de conocerte.

Tara apretó los labios, pero hizo un esfuerzo por sonreír.

–Nos veremos antes.

Mientras los veía bajar los escalones del porche, Maddy no pudo evitar pensar en que Tara no se había despedido de Beau.

***

Esa misma noche, Maddy salió al jardín, donde Jack estaba de espaldas a ella y ni siquiera se percató de su llegada.

–Supongo que querrás estar solo –dijo Maddy después de aclararse la garganta para anunciar su presencia.

Al ver el gesto falto de expresión con que la miró Jack, Maddy se detuvo en seco. No debería haber salido. Estaba claro que Jack no quería compañía, y menos la suya.

Después del incómodo encuentro con Tara Anderson, Jack había dicho algo de que iba a salir un rato y, unos segundos después, Maddy lo había visto alejarse a lomos de un caballo negro y con un sombrero de vaquero cubriéndole la cabeza. Había sido como una escena de una película del Oeste, había pensado Maddy sintiendo una extraña presión en el pecho.

Mientras Cait preparaba la cena, Maddy se había dado una ducha y luego había bañado a Beau. Había acabado riéndose de tanto verlo chapotear, sin querer pensar demasiado en que muy pronto otra persona estaría disfrutando de aquellos momentos.

¿Esa otra persona sería Tara?

No había visto ni oído llegar a Jack, pero había aparecido a la hora de la cena como por arte de magia, justo a tiempo para ofrecerle una silla a Maddy, que había sonreído al pensar que, fuera lo que fuera Jack, estaba claro que iba a enseñarle buenos modales a Beau.

Había sentido entonces el delicioso aroma de un hombre aún con el cabello mojado, recién duchado y afeitado, aunque seguía teniendo una ligera sombra en el rostro que parecía ya su marca de identidad... un rasgo increíblemente sexy y masculino.

Antes de comenzar a cenar, Jack había dicho unas rápidas palabras sobre echar de menos a los seres queridos y recibir a los recién llegados. A Maddy se le había hecho un nudo en la garganta mientras pensaba que aquel hombre de aspecto impenetrable debía de tener un lado más sensible y cariñoso. Lástima que ella no fuera a poder conocer esa faceta suya.

Mientras cenaban, a Jack no parecía interesarle ninguna conversación; parecía más distraído que nunca. Así que Cait y Maddy se habían dedicado a charlar mientras él comía y el bebé se había pasado el rato jugando con el sonajero. Cuando Beau había empezado a protestar, Maddy se había ofrecido a acostarlo y Jack no había puesto objeción alguna. Quizá aún estaba traumatizado por el incidente de la camisa, pero Maddy sospechaba en realidad que más bien le preocupaba la reacción de Tara ante la noticia de que el bebé iba a quedarse con él.

Beau se había dormido sin protestar, tras lo cual Maddy había vuelto a la cocina y había sido entonces cuando Cait le había sugerido que saliese al jardín con Jack.

Maddy había sentido una extraña calidez al pensar en estar a solas con él bajo el inmenso cielo nocturno del sur, lo que significaba que no era buena idea salir. No obstante, había hecho el esfuerzo porque Jack debía saber que, si la necesitaba, por el bien de Beau, allí estaría siempre a pesar de cualquier diferencia personal que pudiera haber entre ellos. Eso era lo que habría querido Dahlia, y lo que quería ella también.

Jack y ella debían aprender a comunicarse de algún modo.

Lo encontró apoyado en el tronco de un árbol, limpiando una brida con un trapo.

–¿Beau se ha dormido?

Maddy asintió con cierto nerviosismo y se acercó un poco más.

Se colocó junto a él y observó el cielo. Él siguió sacándole brillo a la brida con el sonido de fondo del relinchar de los caballos y el croar de las ranas. Si alguien comenzaba una conversación, tendría que ser ella.

–¿Hace cuánto que tienes ese caballo negro?

–Desde que era un potro.

–Seguro que se alegra de que hayas vuelto.

–No tanto como me alegro yo de verlo a él.

Maddy arqueó las cejas. Bueno, se suponía que el caballo era el mejor amigo del vaquero. Se apoyó en otro árbol cercano y siguió intentando entablar conversación.

–¿Dónde fuiste antes a caballo?

–Tenía que hablar con Snow Gibson. Vive en la casa del guardés, a un par de kilómetros.

Maddy recordó haber oído ese nombre antes.

–Cait dice que Snow es todo un personaje.

Jack esbozó una sonrisa y ambos volvieron a quedarse callados… fue un silencio palpable, aunque no del todo incómodo. Lo cierto era que aquel aire limpio del campo resultaba muy agradable.

Maddy se dejó llevar por un impulso, cerró los ojos, echó la cabeza hacia atrás y disfrutó de la brisa nocturna. Imaginó las manos fuertes y rudas de Jack acariciándola… tentándola y seduciéndola con sensualidad. El magnetismo de su cuerpo llegaba hasta ella y la transformaba.

Abrió los ojos para espantar aquellas imágenes y aquellas sensaciones tan peligrosas. No estaba allí para dejarse llevar por fantasías, por intensas y maravillosas que fueran. Estaba allí para cumplir una promesa y luego volver a su mundo.

Además, Jack no era libre; Tara lo había dejado muy claro: «Terreno prohibido».

Maddy se apartó del árbol con repentino cansancio. No debería haber salido. Intentar hablar con Jack era como intentar mover un elefante. Debía aceptar la situación tal como era. Debía calmarse y dejar que las cosas evolucionaran de manera natural. Y, en ese instante, debía darle las buenas noches y marcharse a la cama.

Estaba a punto de hacerlo cuando la voz grave de Jack rompió el silencio.

–Estas tierras pertenecen a mi familia desde 1869 –se volvió hacia una sombra que había a su izquierda–. ¿Ves ese abrevadero?

Comenzó a caminar hacia allá y, tras un momento de indecisión, Maddy lo siguió. Si él se esforzaba, también debía hacerlo ella.

–Este abrevadero fue un regalo de boda –siguió diciendo–. Mi tatarabuelo le propuso a su esposa que hicieran un agujero en la pared del baño para poder utilizarlo como bañera además de para que bebieran los caballos.

Maddy lo miró con la boca abierta porque tenía la impresión de que hablaba en serio. Dio las gracias al cielo por la fontanería moderna. ¿Cómo habían aguantado las mujeres en aquella época?

–Cuando tenía seis años, puse aquí mis iniciales –le

dijo mostrándole las letras–. Nuestro perro acababa de tener cachorros –señaló las marcas, una por cada uno de los siete cachorros–. ¿Tú nunca tuviste perro?

–Tenía clases de piano y muchos vestidos.

–Pero nada de perros –insistió.

–No –hubo un breve silencio antes de que Maddy admitiera la verdad–. De pequeña me atacó un dóberman.

Jack se quedó inmóvil unos segundos, luego dejó la brida sobre el abrevadero y la miró.

–Dios… Maddy, lo siento mucho.

Había pasado semanas en el hospital y, desde entonces, llevaba años luchando contra su fobia a los perros.

–Podría haber sido peor –dijo, encogiéndose de hombros.

Jack se quedó mirándola a los ojos unos instantes, luego sonrió levemente.

–Una vez me rompí un brazo al caerme de un caballo y les tuve miedo durante un tiempo.

Maddy se echó a reír. Era toda una confesión viniendo de un hombre tan aguerrido.

–Clases de piano y vestidos –murmuró al tiempo que echaba a andar de nuevo, pero invitándola a acompañarlo–. Entonces eras una niña de mamá.

–Mi madre murió cuando tenía cinco años.

De nuevo se volvió a mirarla.

–Otra vez he metido la pata.

Pero Maddy no se había ofendido; él no podía saberlo.

–Recuerdo perfectamente que me arropaba en la cama. Tenía una sonrisa preciosa –siempre llevaba en la cartera una foto suya en la que se la veía riéndose con su primera y única hija en brazos y un cielo azul de fondo.

–¿Y tu padre?

Apartó aquella imagen de su mente y respiró hondo.

–Es genial. Es un hombre lleno de energía. Trabajo para él en Tyler Advertising.

–He oído hablar de la empresa, es muy respetada –le dio una patada a una piedra–. De tal palo tal astilla, ¿no?

–Eso espero. Espero cerrar pronto mi primer gran negocio.

–¿Con buenos beneficios económicos?

–Supongo que sí.

La observó detenidamente bajo la luz de la luna.

–Pero no es eso lo que te motiva.

–Ni mucho menos.

–Quieres que tu padre se sienta orgulloso de ti –adivinó y ella asintió.

–No es tan raro. Además, me gusta mucho el trabajo –añadió–. Pasan muchas cosas emocionantes y se conoce gente interesante.

Eso era lo que creía realmente y su padre por fin empezaba a darse cuenta de ello. Recordaba perfectamente el modo en que la había mirado cuando, a los dieciséis años, le había dicho que quería ser publicista como él. Él le había respondido: «Eres más como tu madre», lo que quería decir que no la creía lo bastante fuerte. Su madre había sido una mujer amable y dulce y, no, no había tenido la fuerza suficiente para vencer a la leucemia, pero su madre y ella eran dos personas distintas. Cuando por fin consiguiera cerrar ese negocio…

—Estarás impaciente por volver –dijo Jack, deteniéndose junto a un poste y una valla.

Ella sonrió.

—No voy a negar que no me importaría alejarme de todas estas moscas.

—No hacen nada. De lo que te tienes que cuidarte es de las hormigas.

—Entonces será mejor que no me quede mucho tiempo parada en el mismo sitio.

Jack soltó una carcajada fácil y sincera que le favorecía tanto como los pantalones vaqueros que llevaba. Maddy nunca había conocido a un hombre más atractivo que él… desprendía una energía tan formidable y natural como la de un trueno en mitad de una tormenta. Tenía todo lo que hacía que un hombre resultara totalmente irresistible.

Al darse cuenta de que llevaban mirándose más de lo que debían, Maddy sintió un rubor en las mejillas. El calor pasó después a los pechos y al vientre, en ese momento Jack se pasó la mano por el cuello y volvió a caminar.

—¿Cómo conociste a Dahlia?

—En la universidad –respondió ella–. Nos conocimos en una fiesta y nos hicimos amigas de inmediato. Tenía una risa contagiosa –«parecida a la tuya», habría querido añadir, «solo que no tan profunda».

—Sí, lo recuerdo.

Maddy reprimió el impulso de tocarle el hombro. Los hombres como Jack eran todo fuerza e inteligencia, hombres que no solían prodigarse en muestras de emoción, ni tampoco estaban acostumbrados a recibirlas. Pero tenía la certeza de que, en caso de necesidad, actuaría y actuaría bien y, por algún motivo, eso le dio cierta tranquilidad. Por un momento deseó decirlo en voz alta. Pero no lo hizo.

–Debiste echar de menos esa risa cuando se marchó de aquí.

Le vio apretar la mandíbula y respirar hondo antes de responder.

–Mi mujer me suplicó que fuera en su busca, pero yo no quise hacerlo. Aquella última noche salieron a la luz algunos hechos tristes sobre la familia. Pensé que, si Dahlia quería encontrar su propio camino, yo no debía impedírselo.

Pero, a juzgar por su tono de voz, lamentaba no haberlo hecho.

–¿No le gustaba Leadeebrook?

–No es que no le gustara –se cruzó de brazos y siguió caminando–, pero no sentía lo mismo que siento yo hacia esta tierra. Y lo que también sintió nuestro padre. No quería quedarse aquí hasta «marchitarse y morir», según sus propias palabras. Dijo que ya había vivido suficiente en una explotación ganadera.

Lo que seguramente le rompió el corazón a su hermano.

–¿Y tú mujer… qué le parecía a ella la vida aquí?

Jack levantó la mirada al cielo, como si ella estuviera escuchándolo. En ese momento, Maddy supo que la había amado con toda el alma.

–Esto era su hogar. Siempre lo será –entonces frunció el ceño y miró hacia la casa–. ¿Eso ha sido el niño?

Maddy escuchó y luego negó con la cabeza.

–No he oído nada. Cait me ha dicho que estaría pendiente.

Siguieron caminando hacia una estructura de madera que Maddy supuso sería el establo. La siguiente vez que habló, lo hizo en un tono distendido.

–Es evidente que a Tara Anderson también le gusta mucho esto.

Él la miró de pronto con una intensidad que le provocó un escalofrío. Una mirada que podría haberle hecho imaginar que era con ella con la que tenía una relación y no con Tara… que el calor que desprendían sus ojos iba dirigido a ella.

Pero entonces apartó la vista y Maddy tuvo que volver a la realidad.

–Tara y yo nos conocemos desde hace tiempo –dijo por fin–. Su tío y mi padre eran amigos y Sue y ella se hicieron buenas amigas. Tenían muchas cosas en común. Ella y yo también.

–¿Vas a casarte con ella?

Sintió un estremecimiento que la partió en dos. ¿De verdad lo había dicho en voz alta? Llevaba tiempo pensándolo, pero no comprendía cómo se había atrevido a preguntárselo.

–Lo siento –dijo en cuanto pudo reaccionar–. No es asunto mío.

Bajo el cielo cubierto de estrellas, Jack la miró fijamente a los ojos, después apoyó ambas manos en el cinturón y perdió la mirada en el horizonte.

Y asintió.

–Hemos hablado de ello.

Maddy soltó el aire que había estado conteniendo. Entonces Tara tenía motivos suficientes para mostrarse tan posesiva; Jack era su futuro marido, un marido que había ido a un funeral y había vuelto con un bebé.

Maddy se mordió el labio inferior. Sabía que no debía preguntárselo porque quizá no le gustara la respuesta, pero tampoco podía callarse.

–¿Le gustan los niños?

Jack se pasó la mano por la barbilla.

–Es un tema conflictivo. Tara desea mucho formar una familia…

Le había costado aceptar la responsabilidad de criar a Beau y lo veía como una obligación que debía cumplir, más que como un regalo. Ahora estaba admitiendo que no quería tener familia.

Maddy tenía la certeza de que quería ser madre algún día. Siempre lo había sabido, pero cuidar de Beau había hecho que se diera más cuenta de ello. No comprendía cómo podía haber alguien que no quisiera formar su propia familia. ¿Qué habría opinado la primera mujer de Jack sobre dicha aversión a la paternidad? Y, lo que era más importante, ¿qué significaba para Beau?

Volvió a preguntarse una vez más si Jack sería un buen padre para Beau. Y luego estaba Tara, que no había demostrado el menor interés por el pequeño, excepto en forma de sospecha, pero sin embargo deseaba tener sus propios hijos. Si Jack y ella se casaban y tenían hijos, quizá Tara viera a Beau como una molestia, como una especie de intruso. Si eso sucediera, ¿qué clase de ambiente rodearía al pequeño?

De pronto se oyó un relinchar en mitad de la noche que la sacó de su ensimismamiento.

–Herc nos ha oído –le explicó Jack señalando a los establos–. ¿Quieres conocerlo?

Maddy asintió sin pensar, pero apenas habían dado

dos pasos cuando sintió el olor a caballo y trató de buscar una excusa.

–Se está haciendo tarde, a lo mejor no deberíamos molestarlo.

Jack se echó a reír y siguió andando.

–A Herc no le molestan las visitas.

Maddy se tapó la nariz con los dedos.

–Me parece que es posible que tenga alergia.

Eso sí lo hizo detenerse.

–¿Alguna vez te has acercado a un caballo?

–¿A uno de verdad?

Volvió a reírse y Maddy sintió un escalofrío de excitación.

–Maddy, no hay nada que se parezca a la sensación de montar un caballo fuerte.

Sensación… montar… fuerte. Maddy soltó aire. Necesitaba abanicarse. ¿Tenía la menor idea de lo increíblemente atractivo que era?

–Gracias, pero creo que paso –respondió ella.

La sonrisa de Jack se hizo aún más grande y Maddy no pudo evitar imaginarse aquellos labios besándola.

–¿Por qué no amplías tus horizontes? En la vida hay más cosas que un armario lleno de ropa bonita.

–Y que un establo lleno de caballos.

–Es cierto.

Jack dio un paso hacia ella, hasta quedar hombro con hombro y levantó la mirada al cielo. La energía que desprendía su cuerpo era tan tangible como su calor. Por una parte, Maddy lamentó que se hubiera acercado tanto y por otra, deseaba que se acercara aún más.

–Está también la brisa fresca después de un largo bochorno –dijo–, y la belleza de una tierra tan rica como esta. También está la satisfacción que se siente después de un día de trabajo duro y el brillo de la luna llena en una noche tranquila como la de hoy. Y…

Arrugó el entrecejo como si se le hubiera pasado por la cabeza alguna idea extraña y, cuando se volvió a mirarla de nuevo, Maddy vio en su rostro una suavidad y una emoción que no había visto antes en él. Parpadeó una vez y luego, como si hubiera adivinado sus pensamientos, le puso la mano en la mejilla e hizo que se le cortara la respiración.

–Y también está esto.

Le levantó suavemente la cara al tiempo que se inclinaba sobre ella. Maddy dejó de pensar. Se había atrevido a imaginar, a fantasear, pero jamás le había parecido posible que Jack Prescott la mirara de ese modo.

Y sin embargo estaba pasando.

Su boca se posó sobre la de ella y el resto del mundo desapareció de golpe. El corazón estaba a punto de escapársele del pecho, lo único que podía hacer era sentir, disfrutar de las caricias de sus dedos en la nuca… de la presión que sentía en el vientre… y de la promesa de una noche de pasión ardiente en la cama de Jack Prescott.

Cuando se apartó y Maddy abrió los ojos, vio una enorme sonrisa en su rostro. Sintió un escalofrío que fue como una descarga eléctrica. ¿De verdad acababa de besarla? Apenas podía creerlo y sin embargo allí estaba, mirando la perfección de su rostro con la certeza de que deseaba más que eso. Quería volver a sentir sus labios en el cuello, en los pechos. Aquel deseo no se parecía a nada que hubiera sentido antes.

Jack le dio un rápido beso en la comisura de los labios y otro en la barbilla.

–¿Ves lo que te decía de la luna?

Bajó la mano por su espalda y Maddy sintió el deseo de abrazarse a él, de sumergir los dedos en su cabello, de dejarse llevar por el deseo que la invadía. Porque aquello era demasiado increíble como para dejarlo pasar.

Jamás habría pensado que pudiera quedarle un ápice de sentido común, pero así era. No quería pensar, solo quería sentir, pero era tan obvio que aquello no estaba bien, que era peligroso. A pesar de lo mucho que lo deseaba, no podía obviar el daño que podría ocasionar lo que estaba ocurriendo.

Por fin reunió fuerzas para apartar la cara.

–Esto no está bien.

Pero él volvió a girársela hacia sí.

–A mí me parece que está muy bien.

Entonces le mordió suavemente el labio inferior y dejó que sintiera el bulto de su entrepierna... y la sensatez de Maddy se desvaneció de golpe. La necesidad de rendirse era demasiado fuerte... pero no podía olvidar lo que verdaderamente importaba.

–Jack –lo apartó de sí–, ¿qué pasa con Tara?

Tenían que intentar no complicar la situación aún más. Sí, se sentía atraída por él, cualquier mujer habría sentido lo mismo, pero sabía que un beso más conduciría a otra cosa, algo para lo que no estaba preparada. Maddy quería poder ver a Beau en el futuro y no podría hacerlo si su madrastra tenía verdaderos motivos para desconfiar de ella por culpa de una noche de locura.

Por un momento pensó que Jack no reaccionaría, pero de pronto le cambió el gesto y la miró como si acabara de volver en sí. El caballo relinchó de nuevo. Jack dio un paso atrás.

–Deberías volver adentro –su voz profunda retumbó entre las sombras.

Maddy sintió un escalofrío. Parecía distinto… casi vulnerable. Le puso la mano en el brazo suavemente, pero él se mantuvo firme.

–Deberías irte.

Y entonces se alejó de ella, dirigiéndose hacia el establo.

Después, ya en la cama, aunque completamente despierta, Maddy oyó un caballo que se alejaba. Aún podía sentir el calor de su cuerpo, el roce de su boca.

Pensaba que había experimentado el deseo, que sabía lo que era un beso, lo que era estar excitada. Se había equivocado.

Capítulo Cinco

A la mañana siguiente, Jack fue a Hawksborough, aparcó frente al único hotel del pueblo, se bajó del coche y se dejó empapar por la sensación de intemporalidad del lugar. A Sue le había gustado aquel local casi tanto como la estación, siempre lo había acompañado para hablar con la gente del pueblo antes de volver a la plaza para leer uno de sus enormes libros. Sue había sido una mujer tranquila y despreocupada.

Madison Tyler, por el contrario, era tan sofisticada que seguramente Hawksborough, con su único semáforo y un solo cine, le parecería limitado y aburrido. Quizá incluso inquietante. A Maddy le importaba mucho el hijo de Dahlia, y Jack la respetaba por ello, pero en cuanto hubiera cumplido con su misión, volvería a la ciudad y a la «civilización». Trece días más.

Con sus trece noches.

Mientras se quitaba el sombrero para entrar en el hotel, Jack sabía que podría engañarse a sí mismo y decirse que sabía por qué la noche anterior se había apartado de la sensatez y había besado a Maddy. Solo había querido probar un manjar intrigante, solo probarlo. La había besado y lo había disfrutado tremendamente. Una vez satisfecha la curiosidad, el problema era se había olvidado de Tara. Había olvidado el compromiso que tenía con ella. Que no se trataba solo de él.

El hecho de que Maddy fuera tan distinta a Sue, a Tara… y a todas las mujeres que había conocido en su vida podía ser uno de los motivos de su conducta, pero no era excusa. Cuando estaba con ella se sentía descentrado, le resultaba imposible apartarla de su mente. A las cuatro de la mañana por fin había sabido lo que debía hacer y cómo debía hacerlo.

Se acercó a la recepción, intercambió algunas frases amistosas con Claudia, la amable recepcionista, y marcó el número de la habitación que ocupaba Tara siempre que se quedaba en el pueblo.

Cuando oyó su voz al otro lado, Jack respiró hondo y habló.

—Tara, necesito verte.

Hubo una breve pausa antes de que se oyera un suspiro.

—Jack, eres tú. Gracias a Dios. Sube.

A juzgar por su tono de voz, algo no iba bien y Jack podía imaginarse de qué se trataba. Pero también sabía que no podía dejar que ninguna mala noticia retrasara el momento de darle las suyas.

Cuando apareció al otro lado de la puerta, Tara estaba tan hermosa como de costumbre, pero sus ojos no tenían el brillo habitual. Levantó un sobre enorme y esbozó una triste sonrisa.

—Son las radiografías de Hendrix —explicó—. Tiene un pequeño quiste en la pata. El veterinario y yo pensamos que no es nada preocupante, pero el comprador quiere que le rebaje el precio.

—Trescientos de los grandes es un montón de dinero por un caballo —respondió él al tiempo que colgaba el sombrero en la percha de la entrada.

—No si se trata de un saltador magnífico —entonces

lo miró con dulzura y esbozó una sonrisa–. Pero mejor no hablemos de eso.

Lo agarró de la mano y lo llevó hacia la cama. Jack mantuvo la mirada fija, pero hasta un ciego se habría fijado en el atuendo que llevaba: una cortísima bata de seda rosa pálido bajo la que parecía que no hubiera nada más. Tara se detuvo a los pies de la cama deshecha, le puso las manos en el pecho, cerró los ojos y se puso de puntillas para rozarle la nariz con la suya.

–Me alegro de verte. ¿Quieres que pida el desayuno?

–Ya he desayunado.

Tara abrió los ojos al percibir su tono de voz.

–Debo pedirte disculpas por la manera en la que me comporté ayer, pero tienes que entender que me quedé muy sorprendida. Lo último que esperaba era encontrarme con un bebé… –se sentó en la cama– y con otra mujer –entrelazó los dedos con los de él y tiró de ellos para que se sentara a su lado–. Pero debería haberme controlado. Tienes razón, tenemos que hablar de ello tranquilamente, los dos solos –se giró hacia él en un movimiento que hizo que se le abriera la bata, pero ella no volvió a cubrirse el muslo–. ¿Qué sientes ante la idea de criar al hijo de Dahlia?

–Responsabilidad.

–Hay algo muy positivo en todo ello –le puso la mano en la pierna–. Ahora ya no hay ningún motivo para que no tengamos nuestra propia familia. Supongo lo que debes de sentir después de haber perdido a tu propio hijo y lo doloroso que debe de seguir siendo, pero este bebé es como una segunda oportunidad. Podríamos darle un hermanito o dos –le apretó la mano entre las suyas–. Seríamos una verdadera familia.

Jack se puso en pie.

–Tenemos que hablar.

–Si te preocupa la posible herencia… que yo pueda sentir predilección por los hijos que tengamos juntos… debes saber que creo que todos deberían recibir exactamente lo mismo.

–No puedo casarme contigo.

Tara retrocedió como si la hubiera mordido una serpiente y se le llenaron los ojos de lágrimas de inmediato, ante lo cual Jack sintió un incómodo nudo de culpa en la garganta. No había una manera más fácil de decírselo, pero lo cierto era que incluso a él le había sonado muy brusco.

–No puedes casarte… –murmuró ella al tiempo que se ponía en pie–. Ya hemos hablado de ello –se acercó a él con cierta desesperación–. ¿Y qué hay de la tierra?

–No me importa la tierra.

Jack maldijo entre dientes y se pasó la mano por la cabeza. Claro que le importaba la tierra, pero…

La miró a los ojos con decisión.

–Ahora no puedo pensar en eso.

–Es por esa mujer, ¿verdad? ¿Hace cuánto que la conoces?

Jack respondió con la verdad.

–Conocí a Maddy el mismo día que murió Dahlia.

–Debe de ser muy rápida para haber conseguido que accedieras a que se quedara en tu casa.

–No fue así.

Quizá Tara tuviera motivos para estar celosa, pero lo cierto era que no había comenzado así. Maddy no había tendido una trampa para cazar a un soltero; había hecho una promesa y se había trasladado a Leadeebrook muy a su pesar. La lealtad que sentía por Dahlia y la indignación que le había provocado él no eran fingidas. Como tampoco lo era la pasión que había desatado Jack al abrazarla la noche anterior. Sus manos habían deseado recorrer aquellas curvas sin tener en cuenta si aquello estaba bien o mal. La necesidad de explorar cada centímetro de su cuerpo lo había eclipsado todo.

Tara lo miraba con expresión de súplica.

–Dime que no pasa nada, Jack. Dímelo y te creeré. Ya has cometido errores en el pasado y no creo que quieras cometer otro.

Jack la miró fijamente. Prefería olvidar que había dicho aquello.

–Tara, tú y yo somos amigos. Siempre te veré como una amiga.

–La amistad puede convertirse en amor –Tara le puso la mano en la mejilla y se puso de puntillas para darle un ligero beso en los labios–. A mí me ocurrió.

Jack le agarró la mano y se la tomó entre las suyas.

–Es mejor así.

Se había casado una vez y debería haberse dado cuenta de que sería la única de su vida. Nunca se quitaría la alianza que llevaba colgada alrededor del cuello.

Pero al salir del hotel unos minutos después, se recordó a sí mismo que la intimidad física era otro asunto distinto. No se necesitaba ningún tipo de licencia para satisfacer las necesidades sexuales, unas necesidades que tenían todos los hombres. Una necesidad natural, instintiva y, en ese caso, feroz.

Entre Maddy y él había química y la noche anterior había sido casi incontenible. No sabía si todo aquello se debía a lo ocurrido en los últimos días, o al vínculo que ambos habían tenido con Dahlia. Lo que sí sabía con absoluta certeza era que se había sentido atraído por Madison desde el primer momento y que esa atracción había ido creciendo hasta un punto en el que, por más excusas que buscara, no podía negarla.

Quería tenerla en su cama.

Aquel deseo tenía vida propia, se había abierto paso en su mente y no le dejaba pensar. Nunca había sentido nada tan intenso por ninguna mujer, ni siquiera por Sue. Desde luego con Tara no había estado ni cerca.

El modo en que Maddy se había abrazado a él bajo las estrellas, cómo lo había agarrado de la camisa y cómo había abierto la boca, invitándolo a entrar…

Respiró hondo, se metió en el coche, puso el motor en marcha y se largó de allí.

Estaba claro. Maddy sentía lo mismo que él. Deseaba lo que él deseaba y, antes de que terminara la semana, Jack la convencería de que debía dejarse llevar por dicho deseo.

Llámame. Urgente. Asunto: cuenta Pompadour.

Maddy apartó la mirada del mensaje de texto que acababa de recibir y observó al pequeño Beau, que jugaba tranquilamente sentado en una manta.

Ya le había dado el biberón, pero había sido imposible que se quedara dormido. Así que, en lugar de luchar contra ello, había decidido extender una manta a la sombra de un árbol y sentarse con él para que jugara y se riera tanto como deseara.

Todo el mundo en Sydney sabía que no estaba disponible. Y, aunque a su padre no le había hecho ninguna gracia que se tomara aquellos días, Maddy sabía que no le habría mandado aquel mensaje si no hubiera habido un verdadero motivo.

Maddy miró el teléfono con el corazón acelerado.

¿Se habrían echado atrás los clientes sin siquiera ver la campaña? ¿Acaso les había robado la cuenta alguna otra empresa? O, lo que era peor aún, quizá su padre se hubiera dejado llevar por la decepción y la hubiera sustituido al frente de la cuenta.

Tenía el dedo sobre el botón de llamar cuando apareció Nell y se sentó a pocos metros de ella. A Maddy se le aceleró el pulso al agarrar a Beau, que mordisqueaba un sonajero, completamente inconsciente del posible peligro. Pero la perra tenía la atención puesta en otra parte… lejos de allí.

Maddy respiró hondo… con calma.

No tenía ningún problema en que la perra quisiera sentarse allí, siempre y cuando no pretendiese socializar con ella. Pero justo entonces Beau empezó a protestar y el animal se acercó. A Maddy se le puso el vello de punta. Afortunadamente, Nell no se detuvo y Maddy no tardó en darse cuenta por qué. Oyó el ruido de un motor, el mismo ruido que había oído esa misma mañana, alejándose de la propiedad.

Jack estaba de vuelta.

El corazón le dio un vuelco. ¿Qué haría con respecto a lo sucedido la noche anterior? Quizá ni siquiera mencionara el beso, cosa que a ella le parecía estupendamente. Maddy se había pasado parte de la noche pensando en su boca, en el modo en que se había movido sobre la de ella. Unos pensamientos inútiles que habían dado lugar a otros más alarmantes, como lo que habría sucedido si Cait los hubiera descubierto, o si ella no hubiese decidido apartarse.

Sintió un escalofrío. No merecía la pena ni pensarlo. Desde luego ella estaría encantada si no se volvía a pronunciar ni una palabra más sobre el incidente y seguramente Jack, un hombre con planes de boda, pensaría lo mismo. Por lo que ella respectaba, aquello nunca había ocurrido.

Nell salió corriendo para volver a aparecer unos segundos después acompañando a un cuatro por cuatro negro. Cuando se abrió la puerta, a Maddy le flojearon las piernas. Jack se colocó el sombrero y fue hacia ella con un aspecto más formidable y sexy de lo que recordaba. Todo en él denotaba seguridad en sí mismo, masculinidad y orgullo. Era una suerte que estuviera prácticamente prometido, de otro modo Maddy corría el peligro de olvidar lo que había decidido y lanzarse en sus brazos.

Con cada paso que daba hacia ella, a Maddy se le aceleraba más el corazón. Le miró las manos y las sintió acariciándole la nuca, bajando por su espalda. Vio la sombra de barba en su mentón y volvió a sentir su roce en la mejilla, alrededor de los labios.

Los siguientes trece días iban a ser toda una tortura; con la perspectiva de tener que despedirse de Beau y la necesidad de olvidar aquel beso, pero muriéndose de ganas de volver a experimentar la sensación.

Jack se agachó junto a Beau y sonrió al ver cómo se metía el sonajero en la boca.

–Parece que tiene hambre –comentó.

–Ya ha comido. Puede que tenga sueño.

Jack le hizo cosquillas en la tripita y el bebé se rio. Jack también se rio.

–Se parece a Dahlia. Tiene la misma sonrisa traviesa.

Maddy sonrió. «Esa sonrisa debe de ser un rasgo familiar». Siempre que Jack le sonreía de ese modo, siempre que le acariciaba los labios con la mirada, Maddy sentía que estaba a punto de derretirse. Seguramente se habría dado cuenta de ello la noche anterior.

Entonces se oyó la voz de Cait desde el porche.

–Hola, Jock. ¿Quieres que acueste al niño, Maddy?

–No te preocupes.

Pero Cait ya estaba de camino.

–No estoy preocupada, pero no lo has perdido de vista en toda la mañana.

Jack levantó al bebé en los aires y le hizo volar un poco antes de dárselo a Cait, que lo recibió encantada.

–Ahora me toca a mí.

Beau parecía completamente relajado en sus brazos, así que Maddy no tenía nada que objetar… excepto que, en cuanto se fueran Cait y Beau, se quedaría a solas con Jack. La idea le aceleró el pulso.

Maddy respiró hondo para calmar los nervios. Lo único que tenía que hacer era afrontar la situación como una adulta; intercambiaría un par de frases inofensivas con él y, después de un tiempo razonable, podría volver dentro con Cait. Si mantenía las distancias, estaría a salvo de cualquier posible humillación o de hacer algo que pudiera lamentar.

Así pues, agarró el teléfono y miró a Jack.

–Es curioso que Cait te llame Jock.

–Jock, Jack, Jum. Cualquier diminutivo de James.

Maddy sintió un escalofrío. ¿Jack se llamaba James?

Entonces recordó el modo en que había reaccionado cuando le había dicho el nombre del bebé. Dahlia y él habían estado años sin hablarse y sin embargo ella le había puesto a su hijo el nombre de su hermano mayor… Beau James. Maddy supuso que se había sentido culpable al enterarse. Debía de haber sido todo un golpe.

—Supongo que significó mucho para ti saber que Dahlia se acordó de ti a la hora de poner el nombre a su hijo –le dijo con voz suave.

Él se quitó el sombrero y se pasó la mano por la cabeza.

—También era el nombre de nuestro abuelo. Pero sí, es… agradable.

Clavó la mirada en el sombrero durante unos segundos, luego se puso en pie y miró a su alrededor.

—Hace un día estupendo. No demasiado caluroso –entonces, la miró–. ¿Te apetece salir a montar?

Maddy no pudo contener la risa. Jack no se rendía, lo cual podría resultar un problema si aplicaba la misma filosofía a lo que había ocurrido la noche anterior junto a los establos. Claro que entonces no había tenido que mostrarse muy dura; en cuanto ella había frenado y le había recordado un par de cosas, él se había marchado. En el fondo, Jack era un tipo tradicional. Había tenido una semana muy dura y la conversación a la luz de la luna, el ambiente plácido que los había rodeado, los había sorprendido a ambos. Sin embargo ahora eran perfectamente conscientes del peligro. Él estaba con otra mujer y Maddy no tenía la menor intención de volver a besarlo. La misma intención que tenía de subirse a un caballo.

—Prefiero dejar los rodeos para los expertos –dijo, mirando la pantalla del teléfono.

–No se trata de saltar obstáculos. Puedes empezar con un paseo, incluso puedes montar conmigo en el mismo caballo.

Maddy soltó una risotada. Estaba proponiéndole que lo agarrara de la cintura, que se sentara detrás de él y apretara los pechos contra su espalda… Sin duda Jack debía darse cuenta de que la idea era como acercar una cerilla encendida a una mecha.

–Voy a conseguir que montes –siguió diciendo al tiempo que se colocaba el sombrero–, aunque tenga que subirte a pelo en un momento de descuido.

Maddy sintió que le quemaba el aire que respiraba y, al mirarlo supo que no había entendido mal. Ya no estaba hablando de caballos y quería dejárselo muy claro.

–Mientras… –le tendió una mano– ¿qué te parece si te llevo a ver el cobertizo de esquileo?

Aún con la cabeza en la idea de montar a pelo, Maddy aceptó su mano sin pensarlo. El contacto con su piel le provocó un escalofrío que le recorrió el cuerpo entero. La puso en pie sin el menor esfuerzo, momento en el que sus miradas se encontraron y Maddy no vio en sus ojos ningún tipo de incomodidad o de precaución.

De hecho, parecía peligrosamente seguro de lo que hacía.

Después de un breve paseo en coche durante el cual Maddy se mantuvo lo más alejada que pudo de él, llegaron a una enorme estructura de madera situada en una explanada.

–Ahora parece un pueblo fantasma –comentó Jack,

abriéndole la puerta para que saliera–. Pero cuando to-
davía se esquilaba, este lugar era un bullir de ruido y
actividad.

Maddy se fijó en un viejo molino de viento y en la
alambrada que se prolongaba en la distancia y tuvo la
sensación de viajar al pasado. Imaginó la actividad de
los esquiladores rodeados de miles de ovejas.

Nada más entrar al edificio, Maddy se sintió diminuta y, al mismo tiempo, llena de vida. Dio una vuelta
completa sobre sí misma para ver todo lo que la rodeaba.

–Es enorme.

–Ochenta y dos metros de largo –confirmó Jack–.
Se construyó en 1860 para que pudieran trabajar en él
cincuenta y dos esquiladores con espacio suficiente.

Los pasos resonaban en el techo de vigas de madera, algunas de ellas cubiertas de telarañas. Por las ren-
dijas de las paredes se colaba la luz del sol, dibujando
rayas en el suelo. Allí dentro olía a tierra, a madera y
aún un poco a animales.

–¿Ahí es donde esperaban las ovejas a que les qui-
taran la lana? –preguntó, señalando unos compartimen-
tos vallados.

Jack asintió.

–En cada uno de los cubículos cabían las ovejas que
se podían esquilar en dos horas.

–Debía de ser un trabajo muy animado –dijo, ci-
tando el título de una famosa canción de esquileo, que
tarareó tímidamente.

Al ver el modo en que Jack la miraba, riéndose, Maddy sintió un nudo en el estómago y tuvo que hacer
un esfuerzo para ocultar la emoción. Esa sonrisa, esa
mirada. Era muy peligroso estar a solas con Jack.

—Es una canción estupenda –dijo él–. Pero por desgracia no es muy realista.

Entonces él agarró una caja de lata de un estante y sacó unas tijeras de esquilar que eran como una versión más grande de unas tijeras normales, aunque muy rudimentarias.

—El esquilador debía asegurarse de que las tijeras estaban perfectamente afiladas –las abrió y cerró para demostrarle el movimiento–, se trataba de que se deslizaran cortando la lana.

—Como las tijeras de un sastre sobre la tela.

—Exacto –se acercó entonces a una enorme mesa rectangular–. La lana se dejaba en una de estas mesas para limpiarla –siguió explicándole–. Cuanto más suave y fina quedara, mejor.

Sacó de la caja una muestra de lana y se la dio para que la viera, momento en el que se rozaron sus manos. Maddy acarició la suavidad de la lana, segura de que Jack había prolongado el momento más de lo estrictamente necesario.

Maddy se imaginó a Jack Prescott viviendo en aquella época, a su lado habría una mujer tan fuerte como él. Cerró los ojos un momento, aún acariciando la lana, y se vio a sí misma junto a ese Jack Prescott del siglo xix y sus carros tirados por bueyes. Sintió un escalofrío al imaginar a ese hombre seguro de sí mismo, intenso y decidido a triunfar. Ese Jack conquistaría el éxito y a cualquier mujer que deseara.

Abrió los ojos de inmediato y se dio cuenta de que debía mantenerse alerta y concentrada.

—¿Qué piensas hacer ahora con este lugar?

Jack miró a su alrededor apretando la mandíbula.

–Nada.

–Es una lástima.

–La industria de la lana australiana tuvo su momento de esplendor a mediados del siglo pasado, cuando mi abuelo y mi bisabuelo estaban al frente de la explotación, pero eso ya ha quedado atrás –frunció el ceño y su mirada se volvió turbia–. Los tiempos cambian.

«Y tú tienes que moverte con ellos», pensó Maddy. «Aunque para ello tengas que dejar atrás tu corazón y tu legado familiar».

Su voz profunda sonó más fuerte y retumbó en el enorme cobertizo.

–Este fin de semana hay una fiesta.

Maddy lo miró y sonrió al comprender lo que estaba pidiéndole.

–Muy bien. Ve tranquilo, yo me quedaré con Beau.

–No, tú vienes conmigo.

Estaba rodeando la mesa, yendo hacia ella, y Maddy sintió que le ardía la cara.

Se encontraban a varios kilómetros de la casa, aislados como ella no lo había estado nunca. No había nadie que los viera, ni llantos de bebé que los interrumpieran, pero eso no hacía que estuviera bien que se le hubiera acelerado el corazón.

¿Qué estaba ocurriendo? Maddy quería pensar que Jack era un caballero, algo misterioso, pero honesto. Sin embargo allí estaba ahora, coqueteando con ella abiertamente.

Maddy se puso recta y lo miró fijamente.

–No creo que a tu prometida le guste la idea.

Él dejó de acercarse.

–Esta mañana he hablado con Tara. Fue un error

74

pensar en casarme con ella. Le he dicho que debemos seguir siendo amigos.

De pronto surgieron en la mente de Maddy cientos de pensamientos. Evidentemente no había roto con Tara solo por el beso de la noche anterior, sino porque tenía intención de repetirlo.

Y de repente estaba sucediendo. Apenas conocía a aquel hombre y, si bien se sentía atraída por él, increíblemente atraída, ni siquiera estaba segura de que realmente le gustara como persona. Si creía que ella iba a caer en la tentación tan fácilmente e iba a acostarse con un hombre así porque sí, estaba muy equivocado.

—Jack, si esto tiene algo que ver con lo que pasó anoche entre nosotros… Quiero decir, si estás pensando que a lo mejor…

—Estoy pensando que ya que estás aquí, podrías aprovechar y disfrutarlo al máximo. Este es el nuevo hogar de Beau y tú eres nuestra invitada.

¿Una invitada o un desafío?

No pudo evitar que la idea la excitara, pero no obstante, meneó la cabeza.

—Lo siento, pero no voy a ir contigo a esa fiesta. No estoy aquí de vacaciones y no me parece bien dejar a Beau con Cait.

—Muy pronto tendrás que hacerlo.

Aquella respuesta y la mirada que la acompañó hicieron que perdiera el equilibrio por un momento y se viera obligada a apoyarse en la mesa.

Era cierto que muy pronto tendría que marcharse. Por culpa del mensaje que le había enviado su padre, quizá fuera incluso más pronto de lo previsto. Su lado más realista y práctico le decía que debía sentirse agradecida de que Cait fuera tan buena con el bebé y de que Jack pareciera decidido a ejercer de padre con él. Debería alegrarse de que su vida fuera a volver a la normalidad; volvería a Sydney y a su incipiente carrera como publicista.

–Tendrás que llevarte una bolsa con algunas cosas –dijo Jack–. Está a media hora en avioneta de aquí.

Maddy volvió al presente, pero no comprendía nada. ¿Media hora en avioneta? ¿Seguía hablando de la fiesta?

–¿Para qué voy a necesitar una bolsa?

–Muy sencillo –dio un paso más hacia ella–. Porque tú y yo pasaremos la noche fuera.

Capítulo Seis

Se había equivocado. Jack no estaba seguro de sí mismo. Sencillamente, era un arrogante.

Solo con pensar que Jack no solo esperaba que fuera a esa fiesta con él, sino que además pasara la noche fuera, más creía que debía mantenerse firme. Una cosa era fantasear con dejarse llevar y rendirse a los coqueteos de Jack y otra muy distinta acceder a pasar la noche con él.

Si se hubiera tratado de cualquier otro hombre, se habría reído en su cara. O le habría pegado una bofetada. Pero Jack no era cualquier hombre, era un hombre de acción al que no le parecía mal ir tras lo que deseaba.

Y parecía que lo que deseaba era ella.

Por suerte, no volvió a hablar del tema durante el trayecto de vuelta a la casa, aunque Maddy tenía la sensación de que no se había tomado en serio sus objeciones. Percibía sus vibraciones… esas miradas y esas frases cargadas de dobles sentidos que la dejaron aturdida y, sinceramente, bastante molesta. Sí, había dejado que la besara… apasionadamente, pero eso no significaba que tuviera intención de comportarse de un modo impulsivo e ir más allá, aunque una parte de ella lo deseara desesperadamente.

Después de la cena, Jack salió a tomar el aire al porche con Beau mientras que Maddy se quedó a ayudar a Cait.

–No hace falta que te quedes aquí –le dijo Cait mientras ponía los platos en el fregadero–. Sal con Jock y con el bebé.

«Por nada del mundo». Ya había estado bastante tiempo a solas con Jack por un día.

–Seguro que quiere estar a solas con Beau –dijo al tiempo que agarraba un plato del escurridor para secarlo y enseguida cambió de tema para hablar de algo menos arriesgado–. La habitación del bebé es preciosa, me encantan los colores.

Cait asintió.

–Lavé las cortinas y el resto de telas en cuanto Jock me lo contó.

–¿Entonces ya era una habitación de niño? Quiero decir, ¿era la habitación de Jack o de Dahlia cuando eran pequeños?

Cait dejó de aclarar el plato que tenía en la mano y la miró.

–No. La hicieron… Jack y Sue, su mujer.

Maddy procesó aquella información.

–Creía que Jack no quería tener hijos.

–¿Te lo ha dicho él?

–No con tantas palabras –al ver que Cait no levantaba la vista del fregadero, a Maddy se le formó un nudo en la garganta–. ¿Cait? ¿Qué ocurre?

Después de unos segundos, el ama de llaves la miró por fin y meneó la cabeza con tristeza.

–Ella no fue lo único que le arrebataron a Jock aquella noche hace tres años.

Maddy repitió las palabras para sí y, al comprender lo que Cait trataba de decirle, sintió un escalofrío.

Dios. Cerró los ojos y tragó saliva.

—Había un bebé, ¿verdad?

—Un niño muy deseado. Aquello ocurrió solo un año después de que murieran los padres de Jock y de que Dahlia se marchara… Jock había renunciado a la idea de tener una familia, así que volver a tener un bebé aquí, en Leadeebrook… es muy duro para él.

Maddy se puso la mano en el estómago, que se le había puesto del revés. Apenas podía creerlo.

—Ojalá lo hubiera sabido.

—Nunca habla de aquel día, aunque estoy segura de que se acuerda de ello muy a menudo. El pobre se siente culpable de lo que ocurrió.

Maddy pensó en la tremenda carga que debía de suponer llevar ese peso en su conciencia. Quizá fuera parecido a la culpa que sentía ella por haber empujado a Dahlia a salir aquel día. ¿Podría perdonarse a sí misma algún día?

Maddy se obligó a volver al presente. Ahora que sabía aquello sobre Jack, sentía la necesidad de saber más sobre su pasado y sobre cómo podría afectar a su relación con Beau. Quería saber más sobre el hombre de carne y hueso que se ocultaba bajo su dura fachada.

Pero antes de que pudiera preguntar, sintió una presencia a su espalda y, al darse la vuelta, se encontró con él.

—Beau se ha quedado dormido —anunció, con el bebé en brazos.

Maddy buscó un punto de apoyo en la encimera. ¿Habría oído algo? Estaba tan sorprendida que apenas podía hablar. Por fin recobró la compostura y pudo acercarse a agarrar al bebé con una tenue sonrisa en los labios.

–Voy a acostarlo.

Pero Jack dio un paso atrás.

–No, ya lo hago yo.

Maddy bajó los brazos. Nada más conocerlo había tenido la impresión de que lo único que lo impulsaba a cuidar del bebé era su sentido del deber; jamás habría imaginado que fuera a mostrarse tan dispuesto a hacer personalmente todas las tareas relacionadas con la crianza, incluso había creído que insistía en ayudar solo por orgullo masculino; había estado al frente de una gran explotación ganadera, así que cuidar de un bebé tenía que ser pan comido para él.

Pero había cambiado de actitud. Como cuando esa mañana había hablado de la sonrisa pícara del bebé. Maddy había visto verdadero cariño en sus ojos, una mirada que la había conmovido.

Quizá empezara a ver a Beau como un sustituto del bebé que había perdido. Si era así, seguramente significara que Jack empezaba a superarlo y eso sería bueno para Beau.

Jack se fue a acostar al bebé y Maddy volvió junto al fregadero. No supo si después se había ido a su habitación o había salido a los establos, el caso fue que no volvió a verlo más tarde.

Ella se fue a su dormitorio y se sentó en la cama. Había experimentado multitud de emociones en los últimos días. Culpa y tristeza por la muerte de Dahlia, cariño e instinto de protección por el pequeño Beau. Enfado y luego curiosidad por Jack, últimamente también un intenso deseo físico y, esa noche, compasión.

Se quitó los zapatos y miró a su alrededor.

Aquel no era su mundo, pero sí sería el de Beau, si

no lo era ya. Las paredes de aquella casa estaban plaga-
das de recuerdos, de una historia que formaba parte de
él, algo que Dahlia había sabido. Sin embargo aquella
habitación tan acogedora, con sus cortinas de encaje,
el cabecero de hierro blanco, la colcha de retales y
los suelos de madera, no tenía nada que ver con ella.
Madison Tyler era una mujer de trajes, de reuniones y
decisiones importantes. En aquel momento de su vida,
Madison Tyler era la cuenta Pompadour.

Respiró hondo mientras miraba el teléfono que descansaba en la mesilla de noche. No podía seguir pospo-
niendo aquella llamada.

Su padre no tardó en contestar.

—Gracias a Dios —dijo, aliviado al oír su voz—. Necesito que vuelvas.

Maddy se dejó caer sobre el colchón. Era peor de lo
que esperaba.

—¿Qué ocurre?

—Los de Pompadour quieren ver la campaña a fina-
les de la semana que viene.

—Es dos semanas antes de lo que habíamos acordado —recordó Maddy, con el corazón encogido.

—Están impacientes por ver lo que tenemos, y yo
lo estoy por enseñárselo —adoptó un tono de voz más
frío—. ¿Y tú?

A pesar de tener la mirada clavada en el viejo techo con molduras del dormitorio, Maddy vio ante sí el
escritorio de su despacho y al mismo tiempo recordó
el tacto suave de la lana y la frase de Jack: «Tú y yo
pasaremos la noche fuera».

Pero su padre quería que volviera inmediatamente.

—¿Maddy, sigues ahí?

Volvió a sentarse en la cama, tratando de pensar con rapidez. Aquel día era martes.

—La campaña Pompadour está prácticamente lista —le dijo—. Solo faltan unos detalles y hacer una reunión final con el resto del equipo. Si vuelvo a mediados de semana, el miércoles a primera hora de la mañana, por ejemplo, tendremos tiempo de sobra.

Podía sentir la tensión al otro lado de la línea.

—Cariño, he tenido mucha paciencia. Comprendo que fueras muy buena amiga de esa muchacha, pero ya has cumplido con tu promesa. Ahora tienes que volver a encargarte de tu vida.

Maddy se apretó las rodillas contra el pecho. Tenía razón. Dadas las circunstancias, lo lógico era volver cuanto antes. Sin embargo…

Se mordió el labio inferior.

—Papá, ¿puedes darme hasta el lunes?

Prácticamente podía ver a su padre cerrando los ojos y meneando la cabeza.

—Tienes que elegir —respondió, aunque con amabilidad—. O vuelves a terminar el trabajo o tendré que dárselo a otra persona que pueda hacerlo.

Aquel ultimátum hizo que se le cerrara la garganta.

—He trabajado mucho en esa campaña —protestó, recordando los meses que había pasado investigando y yendo de reunión en reunión.

—No quiero ser injusto. Sabes que te quiero, pero eso es algo personal, esto es trabajo. O estás con la empresa al cien por cien o no lo estás.

Se soltó las piernas y puso la espalda recta.

—Lo comprendo.

Y así era. Pero la idea de separarse de Beau solo

un día después de haberlo llevado allí le parecía... casi cruel.

Como si hubiera oído lo que pensaba, su padre suspiró del modo que lo había hecho tantas veces siendo ella niña cuando le había pedido algo.

–Si de verdad crees que te dará tiempo... está bien. Te doy hasta el lunes.

Maddy se puso en pie de un salto.

–¿En serio?

–Te quiero aquí el lunes a las ocho de la mañana –declaró tajantemente–. Ni un minuto más.

Se despidió de él y se quedó pensando en que los trece días que iba a pasar en Leadeebrook acababan de convertirse en cinco, pero al menos no tenía que montarse en un avión para volver a Sydney al día siguiente. Ahora solo quería aprovechar al máximo el poco tiempo que le quedaba con Beau.

Cruzó el pasillo y fue hasta la habitación del pequeño, la puerta estaba entreabierta. Entró de puntillas y, una vez que se le acostumbró la vista a la oscuridad y pudo ver la cuna, se acercó hasta poder ver al bebé. Sonrió. Estaba profundamente dormido.

Se quedó allí durante un buen rato, sin hacer otra cosa que observar aquel rostro angelical y empaparse del dulce olor a bebé, quería llenar la memoria de recuerdos que pudiera evocar cuando ya no estuviera allí. En aquel momento, Sydney y Tyler Advertising estaban en otro mundo. En otro universo.

De pronto oyó un crujido en el suelo de madera que hizo que el corazón se le subiera a la garganta. Se dio media vuelta y vio una sombra en un rincón. En cuanto lo vio moverse se dio cuenta de quién era. Por supuesto, era Jack, que no había dicho ni una palabra en todo el tiempo que ella llevaba allí.

–¿Por qué no me has avisado de que estabas ahí? –le susurró con evidente irritación, pues no le gustaba que la espiaran.

–No quería molestarte –se acercó a ella–. Pero al ver que te quedabas…

Se detuvo a su lado, Maddy se sintió atraída por su intenso magnetismo de manera automática.

Respiró hondo y trató de mantenerse fuerte. Tenía que apartarse de él antes de hacer alguna tontería como dejar que la besara otra vez. Debía concentrarse, pero necesitaba decirle algo importante, algo que no podía esperar.

–Acabo de hablar con mi padre –le dijo–. Necesita que vuelva a Sydney muy pronto.

Le vio fruncir el ceño incluso en medio de la penumbra.

–¿Cómo de pronto?

–El lunes por la mañana.

–¿Y tú qué piensas?

–No tengo otra elección.

–Eso no me deja mucho tiempo para conseguir subirte a una silla de montar.

Al verlo sonreír, Maddy no tuvo más remedio que sonreír también.

–Pero sí nos deja tiempo para ir a la fiesta –siguió diciendo él–. ¿Tienes algún vestido?

–De verdad que no puedo creerlo –protestó Maddy, exasperada, pero bajó la voz en cuanto vio que el niño se movía–. No voy a ir a ninguna parte contigo, y menos ahora que solo me quedan cinco días para estar con Beau.

Aunque tuviera que admitir, al menos ante sí misma, que cuando le había pedido más tiempo a su padre, le había pasado por la cabeza la idea de ir a la fiesta con Jack.

–Te quedan cinco días, sí –convino él–. Pero eso no quiere decir que no puedas volver.

Aquellas palabras fueron como una caricia para Maddy. Unos días antes Jack ni siquiera había querido conocerla y sin embargo ahora…

–¿Quieres que vuelva? –preguntó, con media sonrisa en los labios.

–No te hagas la tímida, sé que en el fondo estás deseando que te enseñe a montar a caballo.

Maddy estuvo a punto de echarse a reír. Eso no ocurriría jamás.

–La verdad es que me gustaría mucho volver y ver a Beau –aclaró.

–Eso se puede arreglar. Pero con una condición.

Lo miró con recelo.

–¿Vas a hacerme una oferta que no voy a poder rechazar?

–Eso espero –se volvió para mirarla a los ojos–. Ven conmigo, Maddy. Será una noche. Solo una. No me obligues a suplicar.

Lo conocía desde hacía muy poco tiempo, pero Maddy sabía que era un hombre fuerte, seguro de sí mismo y, sobre todo, orgulloso, por lo que la idea de verlo suplicar hizo que se sintiera vulnerable, deseada y excitada. Todo lo que un hombre debía hacer sentir a una mujer.

–¿De qué tienes miedo? –le preguntó, dando un paso más hacia ella–. Una vez creí que disponía de todo el tiempo del mundo, pero ambos sabemos que nunca es así –dijo con un susurro–. Si tuviéramos más tiempo, seguramente no te lo habría propuesto –hizo una breve pausa y en sus labios se dibujó una sonrisa–. O quizá sí.

Maddy tenía el corazón encogido hasta tal punto que le dolía.

Se sentía atraída hacia un hombre duro e increíblemente guapo que no se molestaba en ocultar que también se sentía atraído por ella. Se lo había dicho con total claridad; quería que pasaran la noche juntos. Estaba diciéndole que quería hacerle el amor.

¿Y ella, qué era lo que quería ella?

No la chica que había crecido sin una madre, ni tampoco la muchacha sofisticada que cada mañana a las ocho se tomaba un café con leche de soja. ¿Qué quería Madison Tyler, la mujer?

Jack debió de leerle el pensamiento porque en ese instante borró la distancia que los separaba, le pasó un brazo por la cintura y la atrajo hacia sí.

–Quizá esto te ayude a decidirte.

La besó en los labios sin titubear, el roce de su boca era una suave caricia que, sin embargo, bastó para que a Maddy se le encendiera todo el cuerpo. Intentó mantenerse firme, no perder el control, pero era inútil. Jack había traspasado todas sus defensas y había hecho desaparecer cualquier atisbo de duda.

Finalmente dejó de besarla, pero no la soltó y, cuando ella abrió los ojos, no tuvo fuerzas para fingir que estaba enfadada. No entendía nada. Apenas lo conocía y no era de las que primero actuaban y luego pensaban. Dios, ¿qué habría pensado Dahlia?

Pero de pronto nada de eso importaba.

Llevaba tanto tiempo queriendo sentirse libre, sin ningún tipo de presión ni de miedo a que no aprobaran su comportamiento. No le importaba si estaba bien o mal, durante una sola noche quería pertenecer a Jack Prescott.

–Iré contigo –anunció–, pero yo también quiero poner una condición. Que no vuelvas a hacer eso mientras estemos bajo este techo.

En su rostro apareció una seductora sonrisa.

–¿Tan malo te ha parecido el beso?

Maddy frunció el ceño. No era ninguna broma.

–No voy a negar que quiero que vuelvas a besarme porque es así, lo deseo –y en ese momento el deseo era más intenso de lo que habría podido imaginar–. Pero no me parece bien andar besándonos por los rincones de la casa. Beau merece toda mi atención durante los días que me quedan aquí –Maddy recordó la sagrada promesa que le había hecho a Dahlia–. Es lo menos que podemos darle.

Jack miró un segundo al bebé y luego la soltó antes de asentir muy despacio.

–De acuerdo.

–Pero iré contigo el sábado… –siguió diciendo ella– si nos vamos después de que Beau se haya dormido y volvemos temprano al día siguiente. ¿Podrás hacerlo?

Jack siguió observando a Beau unos segundos antes de volver a mirarla. Entonces cambió la expresión de su rostro. Le puso la mano en la barbilla, le levantó la cara y, por un instante, Maddy pensó que iba a volver a besarla.

Pero se limitó a sonreír y a decir:

–Claro que podré hacerlo.

Capítulo Siete

Al día siguiente, de regreso de un paseo matutino a caballo, Jack se dirigió a la casa con las palabras de Maddy en la memoria. Unas palabras que le habían hecho sonreír y plantearse mil preguntas.

«No voy a negar que quiero que vuelvas a besarme porque es así, lo deseo».

Maddy había accedido a acompañarlo a la fiesta, pero en realidad había accedido a algo más que eso. El saber que pronto se llevaría a la cama a la mujer que lo había atraído desde el comienzo hacía que Jack estuviera tremendamente impaciente. Pero la conexión que había entre ambos era algo más que física. En los últimos tres años, Jack se había acostado con algunas mujeres y se había quedado saciado de cuerpo, pero no de mente. Ni de corazón. Sin embargo en Maddy había algo que le afectaba de una manera distinta.

Se reprendió por pensar aquello.

No se engañaba creyendo que hacer el amor con Maddy podría compararse en modo alguno con lo que habían compartido Sue y él. Tampoco podía fingir que iba a resultarle fácil cumplir la promesa de no volver a tocarla hasta el sábado por la noche. Maddy no quería ninguna distracción que la apartara de Beau durante el poco tiempo que le quedaba con él. Cuando llegaran a Clancy para la fiesta, Jack tendría que recuperar el tiempo perdido.

Se detuvo en la cocina esperando ver a Cait, pero la habitación estaba vacía. Un poco más adelante, la puerta de Maddy estaba cerrada. Aminoró el paso al pasar frente a ella, quería entrar y romper su promesa. Pero gruñó y siguió de largo.

Aquello empezaba a ser ridículo. No tenía ningún sentido preguntarse tanto qué sentiría al tener el cuerpo desnudo de Maddy entre los brazos, sus muslos rodeándole la cintura, sus labios cálidos en el cuello. Lo que importaba realmente era la familia, y ahora volvía a tener una.

Se acercó a la habitación de Beau con la firme determinación de no fallar a aquel pequeño. No le fallaría como había fallado a Dahlia años atrás al no ir en su busca. Claro que no podía evitar preguntarse si alguna vez había sido posible salvar a su hermana. Jack era mayor que ella y quizá había estado en lo cierto cuando le había dicho que lo mejor para una chica como ella era quedarse en Leadeebrook y no intentar buscarse la vida lejos de allí. La violación y su muerte demostraban que era así. Pero Dahlia se había marchado de Leadeebrook siendo mayor de edad y por tanto había estado en su derecho de tomar sus propias decisiones, correctas o equivocadas.

La vida estaba llena de ironías, pensó, a punto de entrar a la habitación del bebé. Aquella tragedia había tenido como resultado un niño, el único miembro que quedaba, aparte de él mismo, de la familia Prescott. Beau era algo más que el legado de Dahlia, era el futuro de los Prescott. Crecería, encontraría una buena mujer, se instalaría en Leadeebrook y crearía su propia familia.

Jack abrió la puerta con una sonrisa en los labios, pues la perspectiva hizo que se sintiera más tranquilo.

Beau estaba completamente despierto en la cuna. Después de cambiarle el pañal, Jack decidió que había llegado el momento de llevárselo de paseo, así que lo agarró y lo llevó a lo que se conocía como el pasillo de los retratos de Leadeebrook.

–Este es tu tatarabuelo –le explicó Jack al detenerse frente al primer retrato–. Era un hombre inteligente y resuelto. Él y la tatarabuela Prescott son los que convirtieron Leadeebrook en la residencia que es hoy en día.

El pequeño, plácidamente sentado en los brazos de su tío, miró a aquel caballero de aspecto severo hasta que Jack siguió andando.

En la pared de enfrente se encontraban los retratos de las mujeres de la familia. Se detuvo frente al de su difunta esposa y tuvo que apretar el puño para espantar el terrible dolor que se le alojaba en el pecho siempre que veía su imagen.

Beau se movió en sus brazos, así que Jack decidió proseguir con el recorrido hasta llegar a esa parte de la casa que visitaba a menudo, pero siempre solo. Entró a la biblioteca, que se había convertido en territorio de Sue, un lugar cubierto desde el suelo hasta el techo de estanterías repletas de libros.

Jack miró al pequeño, que observaba la habitación. Beau era un niño inteligente, Jack lo veía en sus ojos.

–¿Vas a ser un buen lector, o te va a gustar más hacer cosas con las manos, como a tu tío? –le preguntó–. Puede que las dos cosas, como a tu madre –añadió con una sonrisa, al recordar cuando eran niños–. A ella se le daba bien todo, pero yo nunca no se lo decía.

Fue hasta las estanterías que contenían la literatura infantil, unos libros que Sue podría haberle leído cuando Beau fuera un poco mayor, y también a su hijo, si no hubiera muerto.

Jack respiró hondo para ahuyentar el dolor. Cada minuto del día, de todos los días de su vida, echaba de menos todo lo que habían tenido. Entonces había aparecido Maddy y se había dado cuenta de que, cuando ella estaba cerca, no se sentía tan vacío, y lo cierto era que no sabía cómo explicarlo, ni cómo sentirse al respecto. ¿Debería sentirse aliviado o culpable?

Fue hasta el escritorio francés que había en un rincón y abrió un cajón. Allí estaba el libro de Sue. Jack lo puso sobre la mesa y lo abrió para enseñarle a Beau todas las anotaciones que había hecho su mujer. En la última página había dibujado un corazón azul y amarillo y, junto a él, había una imagen en blanco y negro, la ecografía del pequeño.

–Sue quería ponerle el nombre de su padre –le explicó a Beau con voz profunda y empapada de emoción–. Pero a mí no me gustaba cómo sonaba Peter Prescott, prefería ponerle el nombre de mi padre…

El nudo que tenía en la garganta apenas le dejaba tragar saliva. Abrió otro cajón y sacó un sonajero de platino que Sue le había comprado al bebé una semana antes de morir. Tenía una inscripción en la que se leía: *Con todo el amor del mundo. Mamá y papá.*

Jack sonrió y movió el sonajero. Al oír el ruido, Beau trató de agarrarlo. Volvió a mirar la ecografía y luego a Beau. El dolor se intensificó hasta casi cortarle la respiración, pero entonces cesó y, curiosamente, dejó paso a una cálida sensación que nada tenía que ver con el frío y amargo vacío de siempre. No quería volver a sentir aquello.

Cuando la tensión hubo desaparecido, Jack agarró bien al pequeño y le dio el sonajero.

Ese mismo día Jack volvió a los establos a cepillar a Herc, pero le interesaba más lo que ocurría afuera.

Beau estaba en el jardín, cerca de la casa, meciéndose en un columpio que su tío le había colgado de la rama de un árbol por la mañana. Maddy empujaba el columpio con cuidado. Su rostro era el verdadero retrato de la alegría. Era increíblemente atractiva. Era elegante en sus movimientos y aquel era el paisaje perfecto para su piel y para su cabello. Se moría de ganas de salir a pasar el rato con ellos, a la sombra de aquel ciprés, pero solo con observarla de lejos, había vuelto a encendérsele la sangre.

Ambos sentían aquel fuego y ambos querían tener la oportunidad de avivarlo hasta hacerlo estallar, pero, por mucho que lo deseara, Jack sabía que Maddy había sido muy sensata la noche anterior y que él no debía faltar a su palabra. Estaba en Leadeebrook para cumplir una promesa, no para tener un romance.

«Romance» no era la palabra adecuada, porque implicaba algún tipo de relación y ninguno de los dos era tan inmaduro como para creer que tal cosa fuera posible. Vivían a miles de kilómetros de distancia. A él no le gustaba la ciudad, ni a ella el campo. Quizá aceptara la invitación de ir a visitar a Beau una o dos veces, pero era una mujer joven con una vida muy activa; lo que quería no estaba allí.

En ese momento, Nell pasó junto a él con un palo en la boca. Jack la siguió con la mirada y vio que fue a dejar el palo a los pies de Maddy.

Se helaría el infierno antes de que Maddy se pusiera a jugar con la perra. Y no la culpaba, teniendo en cuenta lo que le había ocurrido de niña. Él, por el contrario, no podía ni imaginarse vivir sin un perro. Hasta hacía no mucho tiempo había tenido cinco.

Maddy hizo un movimiento con la mano para espantar a Nell y Jack la oyó decir.

–Fuera.

Pero la perra no obedeció sino que le acercó un poco más el palo con el hocico. Quería jugar y creía que Maddy iba a hacerlo con ella. Y él que pensaba que era una perra lista.

Estaba a punto de salir a rescatar a Maddy cuando la vio hacer algo increíble. Se agachó, agarró el palo como si fuera un cartucho de dinamita y lo lanzó por los aires con un elegante movimiento. Después se limpió la mano en los vaqueros, pero antes de que pudiera volver a columpiar a Beau, la perra había vuelto con el palo, entusiasmada de haber encontrado una compañera de juegos.

Jack no pudo evitar echarse a reír al verla estremecerse. La pobre Maddy no sabía en lo que se había metido; Nell podía pasarse horas recogiendo el palo una y otra vez si alguien era tan tonto como para tirárselo durante tanto tiempo.

En ese momento Nell estiró las orejas y salió corriendo hacia el oeste, señal inequívoca de que alguien se acercaba.

Cuando Jack se hubo lavado las manos y por fin

salió del establo, reconoció de inmediato el sonido de aquel motor. Era la camioneta de Snow. Jack le había contado lo de Beau y le había hablado de Maddy, así que seguramente se había cansado de esperar una presentación formal.

Nada más bajarse de la camioneta, Snow dejó un cordero en el suelo y Maddy, con Beau en brazos, se echó a reír al ver que el animalillo seguía a Snow como si fuera su madre.

–Puesto que hay una invitada en una granja de ovejas –comenzó a decir Snow después de saludar a Jack–, se me ha ocurrido que quizá quisiese conocer una de verdad –se llevó la mano al sombrero a modo de saludo–. Snow Gibson a su servicio, y esta es Lolly.

Maddy se presentó también y luego bajó la mirada para saludar al corderito.

–Hola, Lolly –dijo, acariciándole la cabeza–. Qué cosa tan preciosa.

–La que tiene usted en brazos tampoco está mal –dijo Snow.

–Dile hola al señor Gibson, Beau.

Snow le agarró la manita al pequeño y miró a Jack.

–Es igual que Dahlia.

Jack asintió, emocionado.

–Tiene la misma sonrisa.

–¿Cree que le gustará ver cómo come Lolly? –se sacó un biberón del bolsillo de la camisa y se lo dio a Maddy.

–¿Yo?

–Me parece que tiene sed –le dijo con un guiño–. Pero tienes que agarrarlo con fuerza.

Jack agarró a Beau y se arrodilló en el suelo junto a

Maddy. El corderito estuvo a punto de tirarla al suelo al ir a chupar el biberón, pero Maddy lo agarró con ambas manos. Jack se vio invadido por una cálida emoción que no supo identificar.

Había crecido rodeado de corderos y de otros animales. Los padres de Sue habían sido granjeros, por lo que ambos se habían acostumbrado a la presencia de todo tipo de ganado. Pero el gesto de fascinación que vio en el rostro de Maddy al dar de comer al corderito era algo que no recordaba haber visto nunca.

Se dio cuenta de que lo que sentía era satisfacción.

—Pensé que ya no quedaban ovejas por aquí —comentó Maddy mientras la leche desaparecía rápidamente del biberón.

—Tengo solo unas cuantas —respondió Snow.

—¿Es usted esquilador?

—Entre otras cosas.

—Me encantaría ver una demostración.

—Será un placer —dijo de inmediato.

Beau lanzó un gritito de alegría y extendió el brazo para intentar tocar el cordero. Snow se echó a reír.

—Ahí están los genes de los Prescott —entonces miró a Maddy y le hizo una pregunta cuya respuesta intrigaba a Jack—. ¿Qué le parece Leadeebrook?

Pero ella la esquivó con una enorme sonrisa en los labios.

—Jack cree que va a conseguir subirme a un caballo.

Snow lo miró con los ojos abiertos de par en par.

—No me diga.

Jack se aclaró la garganta. El que un hombre quisiera enseñar a montar a una mujer no significaba nada, aunque en ese caso particular sí quisiera decir algo más.

El cordero se había terminado la leche, así que Jack aprovechó la oportunidad.

–A lo mejor hace demasiado calor para Beau.

–Sí, los bebés tienen una piel muy delicada –convino Snow–. Pero cuando queramos darnos cuenta se refrescará del calor bañándose en el arroyo.

Maddy miró a Jack.

–¿Hay un arroyo cerca?

Fue Snow el que respondió.

–Y tiene muy buen caudal.

–No sé si preguntarte si está vallado –le dijo Maddy a Jack mientras se dirigían al porche.

Jack no supo qué responder. Por supuesto que el arroyo no estaba vallado.

–La ley dice que cualquier laguna o piscina debe estar vallada –explicó ella–. Así que no veo por qué un arroyo habría de ser diferente. Puede ser muy peligroso para un niño.

–Mi padre me enseñó a nadar antes de que supiera montar.

–En Sydney hay escuelas de natación estupendas –replicó ella.

–No hace falta que Beau se convierta en nadador olímpico, Maddy. Yo puedo enseñarle todo lo necesario aquí mismo.

–¿Aquí? –preguntó ella, mirando a la infinita llanura.

Jack subió los escalones delante de ella. Habría querido decirle que dejara que se preocupara él de Beau, que él decidiría lo que se debía hacer y lo haría a su manera.

Esa vez no habría errores.

Capítulo Ocho

Maddy no sabía bien qué había imaginado que encontraría.

¿Balas de heno en cada esquina? ¿Un concurso de mazorcas de maíz? El caso fue que cuando entró junto a Jack en el salón de baile de Clancy se llevó una agradable sorpresa.

Clancy era una pequeña comunidad situada al oeste de Queensland. El pueblo no tenía nada digno de destacar, pero el salón en el que se celebraba la fiesta era como un oasis en medio del desierto. Era como estar de vuelta en Sydney.

Todo estaba adornado con flores frescas, los camareros se paseaban entre los invitados ofreciendo copas de vino y champán antes de la cena. Pero lo mejor de todo fue que nada más ver al resto de invitados, dejó de preocuparse por si había ido demasiado arreglada.

En el equipaje de Sydney no había encontrado nada digno de llevar a un baile de gala y, en lugar de acudir a la única boutique de Hawksborough, le había pedido a su ayudante que le mandara un vestido que se había comprado hacía poco en un desfile de moda para acudir a un compromiso formal que tendría en las próximas semanas. Lo cierto era que aquel traje de gasa rojo oscuro hacía que se sintiera como una diosa. Los pendientes de cristal de Bulgari y las sandalias plateadas de tacón eran el complemento perfecto para la indumentaria. Jack Prescott era también el acompañante perfecto.

Cuando él la agarró del brazo para guiarla entre la multitud, Maddy sintió una especie de orgullo. Claro que no había sido eso lo que había sentido al verlo aparecer de esmoquin, entonces el corazón había estado a punto de escapársele del pecho. Bajo la chaqueta se adivinaban unos hombros anchos y fuertes. Se movía con seguridad y con una actitud agradablemente relajada. Cualquier productor de cine se volvería loco por encontrar un actor con unos rasgos como los suyos.

Hubo otras personas que también se fijaron en su aspecto. Las mujeres lo observaban con admiración. Los hombres se echaban a un lado para dejarle paso. Maddy nunca se había sentido tan envidiada… ni tan especial en toda su vida.

Y aquel baile era solo el comienzo de la velada. Una noche que Maddy esperaba con impaciencia y también cierto temor. No era ninguna mojigata, pero era de la idea de que la intimidad sexual no era algo que una debía tomarse a la ligera. Era de la filosofía de que si algo iba a pasar, no era necesario apresurarse. Sin embargo cada vez que Jack la miraba era como si sus ojos la acariciaran. Cada vez que sonreía, sentía el impulso de echarse en sus brazos y entregarse a él. Desde que habían llegado al acuerdo de mantener las distancias, la necesidad de sucumbir a sus encantos era cada vez más acuciante y por eso ahora estaba tan impaciente que no sabía si podría aguantar toda la velada. Había pasado noche tras noche despierta en la cama, imaginando cómo sería hacer el amor con Jack.

Estaba segura de que sería un amante fantástico, para Jack hacer el amor sería un arte que desempeñaba con maestría e imaginación. Ella, sin embargo, tenía ciertas inhibiciones de las que no había conseguido liberarse. No era muy dada a las acrobacias, ni siquiera le gustaba dejar la luz encendida.

Por eso temía defraudarlo.

Un camarero les ofreció champán y ambos agarraron una copa. Maddy tomó un sorbo y suspiró al sentir el delicioso sabor.

Jack sonrió.

–Te gusta el champán.

–Me temo que es una de mis debilidades.

–Veamos… entonces son las natillas de chocolate, las mañanas de lluvia y el champán francés.

Maddy se echó a reír. Aquella noche el simple sonido de su voz bastaba para hacer que le flaquearan las piernas.

–También me gustan los libros, no lo olvides.

Jack la miró a los labios.

–No he olvidado nada.

–Jack, me alegro de verte.

Maddy se vio obligada a olvidarse de pronto de su fascinación al oír la voz de un hombre.

–Charlie Pelzer, ¿qué tal estás? –lo saludó Jack y, acto seguido, la incluyó a ella en la conversación–. Creo que no conoces a mi acompañante.

–Maddison Tyler –se presentó ella con cierto nerviosismo.

–Maddy está de visita –explicó Jack–. Es de Sydney y trabaja en publicidad.

Charlie la miró fijamente.

–¿No será hija de Drew Tyler? Es el publicista de uno de nuestros benefactores –dijo y le dio el nombre de una organización benéfica.

Maddy asintió.

–Se lo he oído mencionar.

Jack y Charlie Pelzer estuvieron hablando del negocio de explotación de la lana australiana y, mientras, Maddy disfrutaba del champán y del ambiente. Eso no quería decir que no le gustara la tranquilidad del Outback; de hecho, le transmitía una maravillosa sensación de paz. Pero aquella algarabía hacía que se sintiera como en casa.

Unos minutos después, Charlie vio a otro amigo y se despidió de ellos, momento en el que Jack y ella se dirigieron a una larga mesa cubierta con un mantel blanco en la que se exponían todos los premios que iban a subastarse y, junto a ellos, las hojas para pujar.

–Me encantan las subastas.

–Entonces tendremos que hacernos con algo.

Había desde vacaciones a cuadros, pasando por equipos deportivos. Pero Maddy se fijó en algo más extraño.

–¿Seis cajas de cerveza?

–Es una tradición –explicó Jack como si fuera lo más normal del mundo–. Es divertido.

Llegó el momento de ocupar las mesas de la cena. Entre los comensales de su mesa había un abogado criminalista y un geólogo que acababa de regresar de Uluru.

Los invitados siguieron pujando hasta que se cerraron los lotes y se anunciaron las pujas más altas. Toda la sala aplaudió cuando pronunciaron el nombre de Jack como ganador de las cinco cajas de cerveza. Después de un delicioso pastel de fresas y fruta de la pasión, bajaron las luces y comenzó a sonar una agradable música.

Jack se puso en pie y le tendió una mano.

–Supongo que te gusta bailar.

Maddy aceptó la mano.

–No se me da mal.

Pero en cuanto llegaron a la pista de baile quedó claro quién era el verdadero experto. La rodeó por la cintura y Maddy se dejó llevar, deleitándose del aroma de su cuerpo e intentando no suspirar. Después de la cena y la agradable conversación, estaba tan relajada que, de manera instintiva, apoyó la mejilla en su hombro.

Sentía el sonido de su respiración y la magia de su cuerpo guiándola… todo parecía en cierto modo irreal. Irreal, pero maravilloso. Solo podía pensar en cómo pegarse más a él.

Fue entonces cuando se dio cuenta de que era peligroso y se separó un poco. Estaban rodeados de gente que claramente sentía curiosidad por la relación entre el viudo Jack Prescott y aquella desconocida. No era buena idea darles más motivos para hablar, especialmente teniendo en cuenta que al menos una de esas personas conocía a su padre. Maddy no quería que llegase a oídos de Drew Tyler algo que pudiera hacerle pensar que la verdadera razón por la que le había pedido aquellos días era para estar con un hombre.

Sin embargo…

Se sentía tan segura pegada a Jack. Sería mejor que hablara de algo en lo que llevaba varios días pensando.

–Espero que el otro día cuando me enteré de que había un arroyo no pensaras que soy una exagerada.

Jack la miró un segundo antes de responder.

–Te aseguro que no hay nada de qué preocuparse.

Maddy se mordió el labio inferior. No sabía cómo habían muerto la esposa y el hijo de Jack y lo último que quería era parecer desconsiderada, pero su principal preocupación era el bienestar de Beau.

–Solo quería decir que es tan fácil ahogarse en un arroyo como en una piscina. Es evidente que no se puede vallar un río –razonó–. Lo importante es que siempre haya una persona vigilando. Entonces, sí, tendrás razón y no habrá nada de que preocuparse –pero no pudo evitar añadir–: Es que a los niños les encanta escaparse de los adultos.

Sintió un escalofrío solo de pensar que pudiera pasarle algo a Beau.

–En todos sitios hay peligros –admitió Jack–. Aquí hay ríos sin vallar, pero no hay asesinatos como en Sydney y solemos ayudarnos los unos a los otros.

Maddy observó la expresión irónica de su rostro y soltó el aire que había estado conteniendo.

No debía perder la perspectiva. Crecer en el campo no tenía por qué ser malo, ni más peligroso que hacerlo en la ciudad. Tenía que recordar que Beau iba a ser feliz en su nuevo hogar después de que ella se fuera. Eso era lo que había querido Dahlia para su hijo, aunque no lo había querido para sí misma.

–Estás preciosa con ese vestido –le susurró Jack al oído con la evidente intención de cambiar de tema–. El resto de invitados están de acuerdo conmigo.

Aquellas palabras le llenaron el corazón de tal modo

que empezó a dudar de que pudiera caberle dentro del pecho. Normalmente se le daba bien aceptar cumplidos, pero todo lo relacionado con Jack le afectaba más. Se sentía como una adolescente en su primer baile, acompañada del chico con el que querían salir todas las chicas.

–El color es llamativo –dijo, restándole importancia al cumplido.

–Eso es lo que pensé de tus ojos nada más conocerte.

El deseo creció de manera irrefrenable en el centro del cuerpo de Maddy, que se dejó hundir en la fascinante mirada de su compañero de baile. Era tan guapo, tan sexy. Resultaba peligrosamente hipnótico. Cada minuto que pasaba sentía que Sydney se alejaba más y más.

–Mira las luces de colores –dijo él, mirando al techo.

Maddy asintió. Las luces daban un toque increíblemente romántico al ambiente, aunque seguramente eso se debía sobre todo a la manera en que la miraba Jack.

–Allí han hecho una réplica de la Cruz del Sur.

Se volvió a mirar las cinco bombillas que representaban la constelación que simbolizaba los cielos australianos. Un poco más allá había otra formación con luces aún más grandes.

–¿Qué se supone que representan aquellas otras?

–¿Has oído hablar de las luces Min Min?

Maddy sonrió.

–Claro –aquellas misteriosas luces del Outback eran legendarias.

–¿Pero sabías que en esta parte del Outback aparecen más que en ningún otro lugar?

No solía admitirlo, pero Maddy creía que había cosas en el mundo que la ciencia no podía explicar, y aquellas luces eran una de esas cosas.

–Las luces Min Min se conocían en la cultura aborigen mucho antes de que se hicieran famosas por los avistamientos modernos –explicó Jack–. Los expertos han confirmado que esas luces que ven los viajeros de noche no son producto de su imaginación. Aparecen en la distancia, a veces rodeadas por una especie de bruma y otras con la fuerza suficiente para iluminar lo que hay alrededor, pero cuando te acercas a ellas, desaparecen para luego volver a aparecer detrás o a un lado, como si te estuvieran observando.

Maddy tragó saliva, completamente fascinada.

–Estás intentando asustarme.

Jack se echó a reír y le apretó la mano.

–No te asustes. Yo estoy a tu lado.

Con el pulso acelerado, Maddy miró a su alrededor para comprobar que nadie lo había oído, ni la habían visto sonrojarse como una chiquilla.

Jack le levantó la cara suavemente.

–Y no tengo intención de separarme de ti en toda la noche.

Maddy apenas podía respirar con normalidad. Estaba intentando seducirla abiertamente, allí, rodeados de cientos de personas. Aturdida por la música, la luz y por su presencia, Maddy apartó la mirada.

–Yo no… no sé…

Él dejó de moverse de pronto, la agarró de la mano y la llevó a toda prisa hacia unas puertas de cristal que los condujeron a una terraza completamente vacía e iluminada únicamente por las estrellas.

Jack le puso las manos en los hombros y la miró a los ojos.

–Lo último que deseo… –comenzó a decir en un tono que no permitía dudar de su sinceridad– es que hagas algo con lo que no te sientas a gusto –bajó la mirada hasta su boca–. Así que, si no estás cómoda –le rozó los labios suavemente–, puedes decírmelo en cualquier momento y pararé.

Maddy tenía los nervios a flor de piel, le faltaba el aire y el corazón le golpeaba contra el pecho como si quisiera salir volando. Había decidido acompañarlo y ahora no podía echarse atrás, sin embargo no sabía si tendría valor para continuar. Se sentía pequeña e insignificante. Jack era mil veces más hombre que ningún otro que hubiera conocido antes. Ella, por el contrario, solo era Maddy.

Y Maddy no era ni mucho menos perfecta.

Entonces él la estrechó en sus brazos y estrelló su boca contra la de ella. La inundó un sinfín de sensaciones maravillosas que hicieron que se rindiera por completo.

Ya no había marcha atrás. La única duda era ahora… ¿Alguna vez desearía parar?

Maddy y él llegaron al apartamento veinte minutos después.

Durante el viaje en taxi, él le había agarrado la mano y ella le había dicho lo mucho que le había gustado la fiesta. Seguía nerviosa y Jack se preguntó si…

Era una chica de ciudad de veintitantos años y con

bastante mundo, por lo que había dado por hecho que tendría experiencia con los hombres, pero ¿sería posible que fuera virgen?

Estaba tan increíble con aquel vestido que durante toda la noche Jack había tenido verdaderos problemas para concentrarse en la conversación y dejar de mirarla. Parecía salida de un desfile de moda de Nueva York y se la veía perfectamente cómoda con el atuendo. A él no le resultaba extraño llevar esmoquin, pero con nada se sentía tan cómodo como con un par de vaqueros y unas botas viejas. Pero después de acompañar a Maddy aquella noche, se había dado cuenta de que estaría encantado de vestirse de gala siempre y cuando ella fuera de su brazo.

Claro que debía recordar que entre ellos no había nada, ni habría nunca una relación.

Ya en el apartamento, Maddy se detuvo en el centro de la zona de estar y se volvió a mirarlo.

−¿Sueles quedarte aquí cuando vienes a la fiesta anual?

−Sí.

Aunque lo cierto era que llevaba tres años sin ir a Clancy. En realidad no había salido mucho en todo ese tiempo. Cuando no estaba en Leadeebrook se sentía nervioso y fuera de lugar. El único sitio donde podía descansar de vez en cuando de la tortura de los remordimientos era en su casa.

Pero ahora no debía pensar en eso. Había amado a su mujer con todo el alma y sabía que, estuviese donde estuviese, Sue no lo dudaría. Había analizado detenidamente lo que sentía por Madison Tyler, quizá demasiado, pero no se arrepentía de la decisión que había

106

tomado. Quería estar con ella aquella noche y lo único que lamentaba era que dispusieran de tan poco tiempo. De nada servía pensar en su próxima visita, si la había; una mujer como Maddy no se quedaría mucho tiempo.

Lo que importaba ahora era que deseaba estrecharla en sus brazos y disfrutar por fin de eso que sentía cada vez que se acercaba a ella. Quería sentir su cuerpo, desnudo, entre los brazos.

Así pues, se acercó a ella y se quitó la pajarita, pero ella abrió los ojos de par en par. ¿De qué tenía miedo?

—Me pregunto si veremos las luces Min Min esta noche —comentó de pronto, mirando por la ventana.

Jack se pasó la mano por el pelo. El instinto le decía que Maddy quería estar donde estaba, que el deseo que percibía en ella no era producto de su imaginación, sin embargo no dejaba de pisar el freno a cada momento. Había intentado que se sintiera cómoda de todas las maneras posibles, pero era evidente que debía hacer algo más.

Se colocó entre la ventana y ella y le tomó las manos entre las suyas.

—Sea lo que sea lo que te preocupa, Maddy —le dijo, besándole los nudillos—, créeme, no tienes motivo alguno para estar inquieta.

Habló con absoluta sinceridad. Jamás le haría el menor daño. Jack no quería volver a hacer daño a nadie, ya fuera consciente o inconscientemente.

La vio morderse el labio inferior y frunció el ceño. Jack se preguntó entonces si se habría equivocado, si Maddy iba a decirle que no quería estar allí con él.

Pero entonces asintió y esbozó una sonrisa. Jack sonrió también y bajó la mirada hasta su boca. Una boca que jamás podría olvidar.

Tuvo entonces una agradable sensación que le resultaba familiar. Aquello estaba bien. Bajó la cabeza y se apoderó de sus labios.

La necesidad de saborearla más y más era casi incontrolable. Sin dejar de besarla, le puso las manos bajo los pechos y, a medida que el beso fue haciéndose más y más intenso, comenzó a acariciarla. Aquellos días había sido una auténtica tortura verla y desearla sin poder hacer nada.

La levantó del suelo y la llevó al dormitorio. Estaba a oscuras, pero entraba algo de luz por las ventanas, abiertas de par en par. La dejó junto a la cama para despojarse de la chaqueta y desabrocharse la camisa antes de volver a su lado y bajarle la cremallera del vestido.

La vio estremecerse al bajarle una manga y luego la otra. El vestido cayó a sus pies y Jack pudo por fin admirar su cuerpo de porcelana… los pechos firmes, las braguitas rojas, las piernas esbeltas… Respiró hondo y levantó la mirada hasta su cabello.

–Suéltatelo –le pidió.

Ella dudó un instante antes de quitarse las horquillas y dejar que la melena cayera como una cascada sobre sus hombros. Maddy se quedó inmóvil, como si esperara que él diera el siguiente paso… o le diera su aprobación.

Jack le apartó el pelo del cuello y la besó, acariciándole la piel con la lengua.

Ella suspiró y aflojó los músculos de tal manera que Jack tuvo que agarrarla de los brazos y tumbarla en la cama, donde observó con deleite su erótica figura mientras se quitaba el resto de la ropa. Después se arrodilló a sus pies y le quitó las sandalias.

Comenzó a besarle las piernas y fue subiendo por su piel de satén hasta los muslos… y luego la cadera…

Allí sintió un bulto y otro. Se apartó de ella y encendió la luz de la mesilla de noche. Dios.

—Maddy, ¿qué es…?

No terminó la pregunta.

Tenía numerosas cicatrices, algunas de ellas aún tenían la señal de los puntos. La miró a la cara con el corazón encogido y vio el tormento reflejado en su mirada.

—¿El ataque del perro? —le preguntó.

Ella se apresuró a taparse con la colcha antes de asentir.

—Sé que son horribles. Por favor… apaga la luz.

Pero en lugar de hacerlo, Jack le acarició la cara y sonrió dulcemente. Ahora lo comprendía. Por eso se había mostrado tan insegura y nerviosa.

—Maddy, ¿crees que eso podría cambiar lo que siento por ti?

Ella lo miró a los ojos y sin duda vio que era completamente sincero. Jack besó cada una de aquellas cicatrices y, cuando consiguió que volviera a relajarse, volvió a su boca y la besó con la misma desesperación que ella a él.

Al bajar la mano hasta el centro de su cuerpo comprobó que estaba más preparada de lo que se habría atrevido a esperar. Los pliegues de su piel estaban mojados y dispuestos para él. Le bajó las braguitas mientras recorría su cuello y luego sus pechos con la boca.

Acarició aquellos pliegues con la yema del dedo, lo que ella agradeció con suaves gemidos de placer hasta que ya no pudo más y lo agarró para colocarlo en su sitio. Jack se retiró solo un instante para ponerse la protección y, cuando volvió junto a ella, la miró a los ojos y se sumergió en su cuerpo.

Jack sintió algo frío en el pecho. Era la alianza que llevaba colgada alrededor del cuello. Se detuvo un segundo y pensó en lo que simbolizaba aquel anillo, pero al oír un nuevo gemido que salía de sus labios, se olvidó de todo lo que no fuera hacer suya a aquella mujer. Comenzó a moverse más rápido y luego un poco más.

Ella le echó las piernas alrededor de la cintura, un mensaje que Jack recibió de inmediato. Se zambulló al máximo en su cuerpo. La sensación era increíble y la necesidad de dejarse llevar, casi irresistible. Entonces ella se quedó inmóvil, abrió la boca para tomar una bocanada de aire y se estremeció entre sus brazos al tiempo que alzaba las caderas. Jack aguantó hasta que la oyó gritar y por fin se dejó ir.

Fue como si algo se deshiciera dentro de él y lo dejara completamente libre. Le pasó la mano por debajo de la cintura para pegarla aún más contra sí al tiempo que la besaba apasionadamente. Jamás había experimentado nada parecido. Pero quería volver a sentirlo.

Capítulo Nueve

Aún flotando debido a las sensaciones que le había hecho sentir el encuentro, Maddy se acurrucó contra el pecho de Jack, que le acariciaba la espalda. No podía dejar de pensar en lo maravilloso que había sido. Sus temores habían resultado estar injustificados; Jack había visto las cicatrices, pero no había sentido nada negativo. En realidad, Maddy nunca se había sentido tan cuidada y admirada.

Subió la mano por su pecho hasta que tocó la cadena que llevaba colgada alrededor del cuello y, en ella, un anillo.

Una alianza de oro.

Se quedó inmóvil un segundo y luego volvió a bajar la mano hasta su abdomen. Ya había visto aquel anillo antes, el día que se había quitado la camisa después de que Beau se la manchara, pero entonces había tenido la cabeza en otra cosa y no le había prestado demasiada atención.

¿Alguna vez se quitaría el anillo? Si no se lo había quitado esa noche, cuando tenía la intención de hacer el amor con ella, seguramente no lo hiciera nunca. ¿Lo llevaría colgado del cuello para tenerlo siempre cerca del corazón?

Jack Prescott no mostraba sus sentimientos a menudo, pero era un hombre capaz de albergar emociones muy intensas. Un hombre tremendamente leal. Había gente que entregaba su corazón una sola vez en la vida y era evidente que Jack había encontrado a su alma gemela. La había encontrado y la había perdido hacía tres años.

Maddy sintió un nudo en el estómago.

¿Dónde la dejaba eso a ella?

No, no debía pensar en el futuro. ¿Cómo podía hacerlo si tan solo hacía una semana que se conocían?

Ese anillo era un símbolo y un recordatorio de significado irrefutable. Jack y ella habían compartido algo sencillamente maravilloso, pero lo que había entre ellos se basaba en la atracción, en una química muy intensa; ese anillo significaba que él siempre pertenecería a otra persona. No lamentaba estar allí. Jack no llevaba ese anillo para hacerle daño y Maddy no se habría perdido las horas que había pasado con él por nada del mundo.

Había leído cosas sobre hombres que hacían el amor como Jack; sin egoísmo, hombres que disfrutaban dando placer. Porque Jack la había transportado a otro mundo, a una esfera en la que sus cuerpos se habían unido por completo. Maddy nunca se había sentido tan cerca de otro ser humano y era una sensación que la acompañaría mucho tiempo después de que terminara aquella noche. Del mismo modo que recordaría cómo había reaccionado al besarle la cadera.

Había sido tan dulce al descubrir sus cicatrices. El último hombre con el que había intimado tanto como para dejárselas ver se había mostrado horrorizado. Un hombre con el que había estado saliendo cinco meses y al que había creído conocer.

Pero ¿alguna vez se llegaba a conocer a alguien realmente?

Ahora que lo pensaba, quizá Jack fuera muy buen actor y hubiera fingido.

Se quedó pensándolo hasta que no pudo por menos que sacar el tema.

—Esas cicatrices son horribles, ¿verdad? —murmuró sin levantar la cabeza de su pecho.

—No —respondió él de inmediato—. Lo que debió de ser horrible fue lo que te ocurrió.

Maddy se vio invadida por el recuerdo de aquel día y tuvo que cerrar los ojos para apartarlo de su mente. No quería pensar en ello, pero esa vez dejó que las imágenes volvieran a su memoria, aunque fuera vagamente.

—Me caí de la bici —dijo y se dio cuenta de que había hablado en voz alta—. El perro se me vino encima antes de que pudiera ponerme en pie. No me hizo ninguna lesión interna.

Jack la apretó contra sí.

—Supongo que al menos en eso tuviste suerte.

Maddy siguió recordando lo ocurrido.

—Estuve mucho tiempo en el hospital. Lo peor era la cara de mi padre cada vez que venía a verme; se sentía culpable por haberme regalado la bici y por decirme que tenía que practicar más. Yo era muy torpe.

—Cualquiera lo diría. Ahora te mueves como un ángel.

Maddy se echó a reír.

—No es cierto.

—Créeme, ya no eres esa muchacha torpe. Eres una mujer increíblemente atractiva y elegante.

Siguió riéndose.

—Así es —insistió él—. Es algo que emana de tu interior.

Maddy se apoyó en un codo para incorporarse levemente y mirarlo a los ojos en medio de la penumbra.

–Eres un adulador.

–¿Acaso dudas de mi sinceridad? Si es así –se incorporó también y se acercó a su rostro hasta rozarle la nariz con la suya–, voy a tener que demostrarte que hablo muy en serio.

La besó con ternura y pasión al mismo tiempo y, en ese momento, Jack dejó de ser el hermano de Dahlia, el tío de Beau, ni siquiera un sexy y enigmático ganadero. Era el hombre que la había transformado en la mujer más hermosa del mundo. Una sensación fabulosa, como de cuento de hadas. Tan maravillosa que casi resultaba triste.

Ningún hombre sería nunca mejor que Jack.

Maddy dejó de besarlo y se apartó de él con un nudo de emoción en la garganta que amenazaba con llenarle los ojos de lágrimas. Demasiadas emociones. Necesitaba respirar hondo y pensar en otra cosa.

Se levantó de la cama, envuelta en la sábana.

–¿Qué estará haciendo Beau?

–Dormir. ¿Dónde vas?

–A tomar un poco de aire.

Salió al balcón desde donde se veían las luces de la ciudad. Aún seguía pensando en Beau cuando sintió el calor de una manta envolviéndole los hombros.

–Aquí refresca mucho por las noches –le susurró Jack al oído.

–Espero que Beau no pase frío. A lo mejor debería haberle puesto el pijama de felpa.

Él le levantó la barbilla y la miró con una sonrisa en los labios.

–Eres muy maternal.

–Es que es un niño maravilloso –respondió ella con una sonrisa nostálgica–. Me recuerda a una muñeca de tamaño real que tenía de pequeña.

–¿Así que te gustaban las muñecas? A Dahlia le encantaba saltar a la cuerda.

–¿Y los caballos?

–Claro –hizo una pausa–. Deberías probarlo.

Maddy sonrió y se apretó la manta alrededor del cuerpo.

–Jack Prescott, si algún día me subo a un caballo, me cambiaré de nombre y empezaré a bailar la polka.

Él sonrió también.

–A mi madre tampoco le gustaban demasiado los caballos, aunque aprendió a montar a los cinco años.

–¿Cómo se conocieron tus padres?

–En un baile. Mi padre se enamoró de ella nada más verla –sonrió de nuevo–. O al menos eso fue lo que nos contó de niños.

Maddy se imaginó a una pareja mirándose a los ojos mientras bailaban. El hombre se parecía mucho a Jack y eso dibujó una sonrisa en su rostro.

–Seguro que tu padre la trataba como a una reina.

–Le habría dado todo lo que ella hubiera deseado –dijo–. Pero mi madre no deseaba muchas cosas –respiró hondo y su tono de voz cambió–. Eso sí, soñaba con irse de vacaciones a una isla, así que mi padre compró los billetes para darle una sorpresa. Solo llevaban fuera una semana cuando ella estaba bañándose en el mar y mi padre se dio cuenta de que no podía salir sola. Se metió para intentar ayudarla, pero no pudo hacer nada.

Maddy lo miró boquiabierta.

—Jack… lo siento mucho.

Y lo sentía aún más por haberse mostrado tan preocupada con respecto al arroyo, sin saber que sus padres habían muerto ahogados. Ahora estaba segura de que Jack jamás permitiría que Beau se pusiera en peligro.

—Debió de ser muy duro perderlos a los dos —le dijo, poniéndole la mano en le hombro.

Él perdió la mirada en el vacío.

—Dahlia lo pasó muy mal.

—¿Por eso se fue a Sydney?

—Sí. Dijo que no quería vivir encerrada en Leadeebrook como había vivido mi madre toda su vida —esbozó una triste sonrisa al decir aquello—. No se dio cuenta de que, si mis padres se hubiesen quedado en la granja, no les habría pasado nada.

Maddy lo miró a los ojos, sorprendida por su razonamiento.

—Jack, no puedes pensar eso. Tus padres estaban de vacaciones, algo que estoy segura de que se merecían. Lo que ocurrió fue un accidente.

—Un accidente que podrían haber evitado.

No dijo nada más, pero Maddy imaginó que estaba pensando que también se podría haber evitado el accidente de Dahlia si se hubiese quedado en casa.

Le tomó la mano y le habló de algo que necesitaba saber por el bien de Beau.

—Cait me contó que la habitación del niño la habíais decorado tu mujer y tú.

Al ver que el silencio se prolongaba, Maddy se odió a sí misma por haber sacado el tema. Comprendería que le dijera que no quería hablar de ello. Tres años no era más que un instante cuando se trataba de superar semejante tragedia.

Ya se había hecho a la idea de que no iba a responder cuando de pronto oyó su voz profunda.

–Sue empezó a tener contracciones a las tres de la mañana. Por más que le recordé que aún le quedaba un mes de gestación y que el médico ya nos había dicho que podía tener falsas alarmas, quiso asegurarse e ir al hospital. Había una tormenta tremenda, pero su madre había muerto en el parto y Sue no podía quitarse la idea de la cabeza. Intenté tranquilizarla, pero se puso a llorar… –respiró hondo, con evidente frustración–. Así pues, salimos rumbo al hospital. El viento tumbó un árbol que cayó sobre el coche. Yo sobreviví. Lección aprendida.

–¿Qué lección? –le preguntó Maddy con los ojos llenos de lágrimas.

–Que no hay que tentar al destino.

–Nadie podía saber que ocurriría algo así.

–Parece que ese tipo de cosas me persiguen.

A Maddy se le encogió el corazón al oír aquello. Nunca había sentido tanta lástima por nadie. Jack había perdido a todas las personas que había querido en el mundo, incluyendo a su futuro hijo, y se culpaba por ello, por no poder controlar lo incontrolable. No era de extrañar que quisiera apartarse del mundo y no salir de un lugar en el que creía estar a salvo.

Sin embargo aquella noche se había aventurado a salir de ese mundo, había querido compartir con ella una experiencia especial; habían ido a la fiesta, habían bailado, habían hecho el amor…

–Nada de eso fue culpa tuya –le dijo, lamentando que no se diera cuenta.

–Aun así, la gente más importante de mi vida está muerta.

Maddy se dio la vuelta entre sus brazos y lo miró a los ojos.

–Si estuviera en peligro y tuviera que elegir a alguien que me salvara, te elegiría a ti.

–¿Y si te fallara? –respondió él, con gesto tierno pero apesadumbrado.

–Entonces querría decir que nadie podría haberme salvado.

Maddy pensó en su madre, en que había aceptado su destino a pesar de lo mucho que su marido le había suplicado que luchara contra la leucemia. Por algún motivo, Maddy tenía la sensación de estar dándole fuerzas a su madre y arreglando algo que nadie había podido arreglar en el pasado.

Era algo que jamás le había dicho a nadie y se preguntó si Jack lo comprendería.

La idea le provocó un escalofrío.

–Volvamos a la cama –le susurró Jack con voz sexy mientras la estrechaba en sus brazos.

Entraron al dormitorio e hicieron el amor de nuevo. Fue aún más increíble que la primera vez. Después se quedaron charlando hasta el amanecer; hablaron de la infancia, de los viejos amigos y de sus sueños. Cuando Maddy le habló de su padre y de la enfermedad de su madre, de que ahora quería ser fuerte por ella, él le apartó un mechón de pelo de la cara y, con una tierna sonrisa en los labios, le dijo que lo entendía.

***

Cuando llegaron a Leadeebrook al día siguiente a las siete de la mañana, Maddy tenía los ojos rojos por falta de sueño, también estaba luchando contra una energía completamente nueva y contra la sensación de melancolía que le provocaba la idea de tener que marcharse de allí al día siguiente.

El tiempo había pasado demasiado rápido. Ya ni siquiera le molestaba aquel calor seco y el polvo, incluso le gustó ver a Nell corriendo a recibirlos. Mientras subían los escalones del porche, Maddy pensó que quería estirar aquel día al máximo, pues no podía retrasar la vuelta a Sydney. Jack se había ofrecido a llevarla en la avioneta, pero ella le había dicho que no. Ya iba a costarle mucho despedirse de él allí; si la llevaba a casa, corría el peligro de pedirle que se quedara o de querer volver con él.

Era ridículo.

Lo había pasado muy bien allí y lo de la noche anterior había sido increíble, por eso su lado más romántico quería volver a experimentar esa sensación. Pero su lado práctico y responsable sabía que era imposible.

¿O no?

La idea de pasar más tiempo con Jack la llenaba de esperanza, pero sabía que, si le había ofrecido que volviera a Leadeebrook, era para que pudiera ver a Beau. ¿Estaba mal que pensara en los demás incentivos que tendría el volver? Pero, si regresaba y Jack y ella volvían a estar juntos, ¿en qué los convertiría eso? No serían una pareja, ni tampoco amigos. ¿Amantes, quizá?

—¿Qué tal la fiesta? —les preguntó Cait cuando salió a recibirlos al porche, con Beau en brazos.

Maddy respondió antes de que pudiera hacerlo Jack.

—Ha sido maravilloso.

Cerró la boca de golpe, pero ya era demasiado tarde.

La mirada de Cait le confirmó sus temores; el entusiasmo con el que había contestado la había delatado. Pero eso no quería decir que estuviese enamorada. Nadie se enamoraba después de solo una semana.

¿O sí?

Al principio Maddy no estaba segura de si era su imaginación, pero cuando llegaron las cuatro de la tarde sin que hubiera vuelto a ver a Jack desde el desayuno supo que, o bien se había apartado para que ella pudiera estar a solas con Beau, o estaba evitándola. Ni siquiera quería pensar en tal posibilidad, pero mientras le preparaba el biberón al pequeño no pudo evitar preguntarse si se habría arrepentido de lo que había hecho la noche anterior.

No, lo que había compartido con ella no había sido fingido, ni lo había imaginado. Seguro que había una buena explicación para que llevara todo el día fuera. Aquel era su último día en Leadeebrook; después de la intimidad que habían vivido la noche anterior, seguro que Jack quería pasar con ella las horas que le quedaban.

Tanto como ella quería pasarlas con él.

Levantó al bebé en brazos y le dio un beso en la mejilla. Maddy había estado con Dahlia todo el embarazo y también en el momento en que lo había traído al mundo. Lo había acunado y le había cantado para que se durmiera. Quería con toda su alma a aquel pequeño y ese tipo de amor no desaparecía. Quizá no fuera su madre, pero eso no cambiaba lo que sentía por él. Para ella era la persona más importante del mundo.

¿Y Jack?

Cerró los ojos y recordó su sonrisa, el aroma de su cuerpo y la emoción que la invadía cada vez que lo veía, cada vez que él la abrazaba. ¿Acaso se había enamorado de él a pesar de que una semana antes habría querido darle una bofetada? Pero ahora lo conocía y sabía que era un hombre bueno que había querido mucho a su hermana, que había adorado a su esposa y que estaba dispuesto a querer y a cuidar al máximo de su sobrino.

En Clancy había descubierto además que era un hombre apasionado, generoso y tierno. Un hombre que la había hecho volar.

Abrió los ojos y miró por la ventana.

¿Por qué no había vuelto?

Beau seguía durmiendo la siesta cuando Maddy lo vio llegar a caballo y meterse en los establos. Esperó con impaciencia a que entrara en la casa, pero quince minutos después se dio cuenta de que estaba volviéndose loca... por un hombre al que conocía desde hacía una semana y que había elegido no pasar con ella las últimas horas de las que disponían.

Estaba claro que tenía que volver a Sydney, a su mundo y recordar quién era y que aquel no era su sitio.

Fue hasta la puerta principal y se paró a ver si se oía a Beau. Seguía durmiendo. Cait estaba en la cocina y el cielo empezaba a teñirse de naranja, anunciando la llegada de la noche. Pronto acabaría su último día en Leadeebrook.

Finalmente respiró hondo y salió directa a los establos. Encontró a Jack sentado a una mesa, frotando una correa de cuero. La miró con ojos cansados.

«Que no se dé cuenta de que estás enfadada, ni de que te tiemblan las piernas».

–La cena está casi lista –anunció con una sonrisa forzada.

–Estupendo. Estoy muerto de hambre.

Se levantó de la mesa y pasó junto a ella sin mirarla con la excusa de agarrar su sombrero de la percha.

–Dentro de un par de meses Beau empezará a comer sólidos –comentó ella después de respirar hondo para estar segura de que no le temblaba la voz.

–Tienes que dejarme tu dirección –se puso el sombrero–. Para que pueda contarte qué tal va todo.

Maddy ya no aguantaba más aquella tensión. Tenían que hablar con claridad, quisiera él o no.

–Jack, no entiendo nada. ¿He hecho algo mal?

Él la miró frunciendo el ceño.

–No, por supuesto que no.

–¿Entonces dónde has estado todo el día?

Volvió a quitarse el sombrero y se quedó mirándola.

–Tenía cosas que hacer.

–¿Qué cosas?

–No lo entenderías.

–¿Qué es lo que no entendería?

–¿De verdad quieres saberlo? Tú te vas mañana –miró a su alrededor–. Dentro de un mes todo esto no será más que un recuerdo.

A Maddy se le aceleró el corazón.

¿Qué le ocurría? ¿Por qué estaba tan frío de pronto? ¿Era porque se iba?

–Me invitaste a volver –le recordó.

–Puedes venir siempre que quieras –dijo sin el menor entusiasmo.

¿Acaso había soñado lo de la noche anterior? Jack parecía otra persona.

–A ver si lo entiendo. ¿Es que te da igual si vuelvo o no?

–Tú decides. Vas a volver a tu vida, tú sabrás lo que quieres hacer con ella –miró la hora–. Será mejor que vayamos a cenar para que puedas hacer el equipaje.

¿Dónde estaba el hombre con el que había pasado la noche entera haciendo el amor y charlando? ¿Se suponía que ella también debía hacer como si no hubiese pasado nada, como si no la hubiese acariciado, como si no se le hubiese colado en el corazón con su ternura y su comprensión?

Si creía que podía librarse tan fácilmente, estaba muy equivocado.

–Necesito saberlo, Jack. ¿Tú quieres que vuelva?

Se volvió hacia ella, pero sus ojos ni siquiera la buscaron.

–Claro que quiero.

–Mírame, Jack.

Lo vio respirar hondo, después se pasó la mano por la barbilla y finalmente la miró.

–No sé muy bien qué quieres.

Maddy no se paró a pensar. Se acercó a él, le tomó el rostro entre las manos y lo besó en la boca.

Durante un instante sintió la misma explosión de siempre, el mismo fuego que los había consumido la noche anterior, e incluso creyó oír un murmullo de satisfacción que salía de su boca. Pero de pronto, tan bruscamente como había aparecido, se esfumó la pasión y el beso se quedó sin vida.

Maddy le soltó la cara y dio un paso atrás, pero antes de mirarlo a los ojos, trató de borrar cualquier emoción de su rostro. Si no lo hacía, se echaría a llorar delante de él. Prefería ser fuerte. Tomó aire, meneó la cabeza y dibujó una sonrisa fingida en sus labios.

–Vamos, Jack. Lo que quiero es que sepas que lo de anoche fue increíble –le dijo en tono distendido y juguetón mientras luchaba contra el llanto–. Todas las chicas sueñan con pasar la noche con un verdadero vaquero –tuvo que frotarse los ojos y la nariz para espantar las lágrimas–. Tengo que salir de aquí, creo que estoy a punto de sufrir un ataque de alergia.

Pasó junto a él y fue directa a la puerta tan rápido como pudo. Por nada del mundo quería que la viera llorar.

–Maddy, espera.

Se dio la vuelta y se pellizcó la nariz.

–Espero que no me pidas que te ayude a cepillar a Herc.

Sus miradas se encontraron durante unos segundos. Justo cuando Maddy pensaba que iba a derrumbarse y a decirle la verdad, él meneó la cabeza.

–No, no iba a pedírtelo –dijo Jack y le dio la espalda–. Dile a Cait que voy enseguida.

Maddy volvió a la casa tan aprisa como pudo. «No pienses en lo que acaba de ocurrir. No llores». Pero no podía mitigar el dolor que sentía por dentro, no podía creerlo. ¿Cómo había podido equivocarse de tal modo? La noche anterior había confiado plenamente en él. Se había convencido de que Jack Prescott era mucho más que el hombre arrogante e irresistible que le había parecido en un principio. Era evidente que no era así. En realidad no era más que un hombre rico y soltero que había querido pasar un buen rato con ella.

Ya dentro de la casa, Maddy fue directamente a la habitación de Beau y, al llegar a la puerta, se le heló la sangre en las venas. Estaba ante la peor de sus pesadillas.

Beau estaba despierto y Nell estaba de pie sobre las patas de atrás y con las de delante apoyadas en la cuna, metiendo el hocico entre los barrotes.

–¡Fuera de ahí! –gritó Maddy, horrorizada.

Una vez descubierta, la perra se retiró a un rincón con el rabo entre las patas.

–¡Sal de aquí ahora mismo! –le dijo, con el corazón a punto de escapársele por la boca. Estaba dispuesta a echarla con sus propias manos si era necesario–. ¿Qué miras? ¡Sal de aquí ahora mismo!

Beau se echó a llorar desesperadamente. Cait apareció entonces en la puerta y Jack lo hizo un segundo después.

–¿Qué ocurre? –preguntó el ama de llaves, alarmada.

–Esa perra no debería acercarse al niño. Tenía los dientes a unos centímetros de él. Jack, no se puede confiar en los perros. A veces se vuelven salvajes.

Sacó al bebé de la cuna y lo apretó contra su pecho.

–Nell nunca haría daño al bebé –aseguró Cait.

–Eso no se puede saber –respondió ella, a punto de echarse a llorar.

El perro que la había atacado a ella también había sido la mascota de una familia. Se lo había contado a

Jack la noche anterior, él había visto sus cicatrices y le había dicho que lo comprendía. ¿Acaso iba a fingir que eso tampoco había sucedido?

Pero entonces se acercó a ella y le puso una mano en el hombro.

–Maddy… cariño, estás exagerando –le dijo con voz suave.

Maddy estuvo a punto de soltar una carcajada. ¿Exagerando? Era él el que pretendía encerrar a todo el mundo en aquella casa para que no les pasara nada.

Jack se acercó un poco más y la abrazó, Maddy tuvo que parpadear varias veces para no echarse a llorar. Fue relajándose poco a poco, pero por nada del mundo iba a permitir que esa perra volviera a acercarse a Beau y si pensaban que estaba loca, mala suerte.

Pero cuando Jack volvió a colocar al bebé en la cuna y Cait se llevó a la perra de allí, Maddy abrió los ojos a la realidad con profundo dolor.

No podría hacer nada porque Beau no era su hijo… Ella no era nadie para decir lo que se debía hacer, como no había sido nadie una semana antes y, cuanto más se quedara allí, más frustrada se sentiría.

Jack había sido duro, pero había dado en el clavo. Era ella la que decidía si quería volver y ahora se daba cuenta de que quizá fuera mejor para todos si se iba y no volvía jamás.

Capítulo Diez

A lo largo de su vida, Jack había pasado varias veces por el infierno. Había pasado la mayor parte del día cabalgando por las llanuras de Leadeebrook con la determinación de encontrar la fuerza que necesitaba y había vuelto tranquilo y decidido.

Sin embargo cuando había abrazado a Maddy y le había quitado a Beau de los brazos para que ella fuera a lavarse la cara, había abierto los ojos y la realidad le había golpeado de lleno en la cara. Él era el único responsable del estado de nervios de Maddy.

Si pensaba que lo había engañado en los establos y que se había creído que la noche que habían pasado juntos no había tenido ninguna importancia para ella, estaba muy equivocada. Sabía que no era así, del mismo modo que sabía lo que había supuesto ver a Nell cerca del niño. Pero por mucho que supiera y lo comprendiera, lo que le había dicho era cierto. Ella volvería a Sydney y muy pronto todo aquello no sería más que un recuerdo. Entonces sería él el que tendría que tomar todas las decisiones sobre Beau y, aunque ella no lo comprendiera, Jack confiaba en Nell. Mucho más de lo que se fiaba de los drogadictos y los delincuentes que se paseaban por Sydney a plena luz del día.

Así era, Madison Tyler siempre encontraría fallos a su mundo, igual que él se los encontraría al de ella.

Maddy estaba atrapada en su entorno y en su futuro, la lástima era que no se diera cuenta de qué era lo que la impulsaba. Después de todo lo que habían hablado la noche anterior, Jack había llegado a la conclusión de que su verdadera motivación era demostrarle a su padre que era fuerte, lo bastante como para sobrevivir a cualquier cosa.

Pero ¿a quién quería engañar? Él no era mucho mejor. Era tan testarudo como ella, incluso más.

Terminó de cambiar el pañal a Beau y sonrió al verlo reír. Sí, Beau James y él iban a ser muy felices allí y le daba igual que la gente dijera que era un recluso en su propia casa. No pensaba cambiar de opinión y Maddy no iba a abandonar Sydney ni a su padre.

Salió al porche con el pequeño y acababa de sentarse a observar el cielo cubierto de estrellas cuando apareció Snow.

–Te hemos echado de menos en la cena –le dijo Jack, pues su amigo siempre iba los domingos a cenar a Leadeebrook–. ¿Qué ha pasado?

También habían echado de menos a Maddy, que no había salido a cenar después del disgusto con Nell.

–Cuando tenía tu edad me fui un año a trabajar al oeste del país. Trabajé como una mula y pasé mucho calor en Alice Springs, pero no lo habría cambiado por nada del mundo. Lo único que lamento es que nunca encontré a una buena mujer con la que fundar una familia –hizo una pausa para sonreír con gesto travieso–. Claro que quizá aún no sea tarde.

Jack lo observó detenidamente. Aquello parecía serio.

–¿Qué ocurre?

–Llevo esta tierra en la sangre, Jum, pero aún soy muy joven para encerrarme aquí hasta morir.

Jack comprendió entonces lo que pretendía.

–Y supongo que yo también, ¿no es eso?

–Lo que tienes aquí no se va a esfumar –dijo, acariciándole la cabecita a Beau–. Eres un hombre muy rico, asquerosamente rico según dicen algunos. Utiliza parte de ese dinero y disfruta un poco de la vida.

Una vez dicho eso, Snow se puso en pie y se largó. Jack lo vio marcharse, comprobó que Beau se había quedado dormido en sus brazos y fue a acostarlo.

Agradecía que su amigo se preocupara por él, pero lo cierto era que Jack no iba a morir allí, solo pretendía criar a Beau en un entorno seguro. Y no pensaba casarse con Maddy y crear una familia, si eso era lo que había pretendido decirle.

De acuerdo, entre ellos había mucha química y Beau la adoraba, de eso no había ninguna duda. Pero tampoco había ninguna duda sobre que los separaba un verdadero abismo. Ya estaba bien de darle vueltas, lo mejor era dejar las cosas como estaban.

Jack entró a la habitación de Beau, pero se detuvo en seco al ver a Maddy acurrucada en la butaca y completamente dormida. El pelo le caía sobre los hombros y su rostro parecía de porcelana. Jack habría deseado dejar a Beau en su cuna, llevarse a Maddy a la cama y hacerle el amor como le pedía el cuerpo a gritos. Pero después de eso, seguiría yéndose al día siguiente.

¿Volvería a visitarlos alguna vez?

Después de lo ocurrido aquel día, lo más probable era que no.

Por su parte, él se aseguraría de que viera a Beau si

alguna vez iba a Sydney. Pero algún día, seguramente más pronto que tarde, Maddy conocería a alguien y tendría su propia familia. Recordaría al hijo de Dahlia con cariño, por supuesto, y con un poco de suerte, también recordaría la noche que había pasado con él. Jack nunca la olvidaría.

Dejó al bebé en la cuna y se dirigió a la puerta, pero antes de salir, se detuvo y volvió a mirarla frunciendo el ceño.

No habría sabido decir de dónde había surgido aquella idea. Sabía que no podría funcionar, pero lo cierto era que Maddy quería a Beau y la noche anterior habían comprobado que ellos dos eran perfectamente compatibles, tanto en el sexo como en la conversación. Por algún motivo, Jack sabía que el destino de Maddy no estaba en la publicidad, ese era el destino de su padre.

¿Y si le pedía que se quedara?

Cuando Maddy abrió los ojos no estaba segura de qué hora era. Se frotó la cara y los ojos y se dio cuenta de que, aunque aún seguía oscuro, la bruma del exterior anunciaba ya el amanecer.

Veinticuatro horas antes había estado en Clancy, con una sonrisa de satisfacción en los labios y acurrucada contra el cuerpo fuerte y cálido de Jack. Pero el sueño se había desvanecido por la tarde.

Se acercó a la cuna apretando los labios. Había hecho el ridículo al mostrarse tan tajante respecto a Nell. Ella no tenía nada que decir allí, lo único que le quedaba por hacer era marcharse. Sin embargo habría dado cualquier cosa con tal de poder quedarse allí con Beau y cuidar de él. Había gente que perdía a sus hijos por culpa de enfermedades o accidentes. Lo suyo no era nada comparado con esos casos. Nada comparado con lo que debía de haber sufrido Jack al perder a su bebé antes incluso de que hubiera nacido.

El lado positivo era que lo más probable era que volviera a ver a Beau. En cuanto se estabilizaran las cosas, llamaría a Jack y le preguntaría si iba a viajar pronto a Sydney. Claro que, si seguía dejándose llevar por la agorafobia y se negaba a salir de Leadeebrook… Entonces Maddy tendría que dejar a un lado su orgullo y viajar hasta el Outback. Pero lo cierto era que ya había cumplido con su misión y, por más que le rompiera el corazón, había llegado el momento de marcharse. Su padre la esperaba en la oficina dentro de solo unas horas.

Finalmente se marchó a su habitación a hacer el equipaje. Acababa de vestirse y estaba terminando de recogerse el pelo en una coleta alta cuando oyó un ruido en la habitación de al lado. Beau. Era por lo menos una hora más temprano de lo que solía despertarse. ¿Habría notado algo extraño aquella mañana?

Cuando llegó junto a su cuna y lo tomó en brazos para tranquilizarlo, el pequeño estaba llorando.

–¿Ya tienes hambre, pequeño?

Beau la miró y trató de sonreír, pero en lugar de hacerlo, se frotó un ojito y volvió a protestar.

Jack apareció justo entonces en la puerta, con el biberón en la mano.

–Estaba despierto, así que le he calentado la leche.

Maddy sonrió y supo que todo iba a ir bien. No podía mostrarse resentida o incómoda por la escena que había hecho la noche anterior; Beau lo habría notado y lo primero era que el niño estuviera bien. Volvió a apretarlo contra sí con un estremecimiento.

El taxi pasaría a buscarla dentro de diez minutos. Pero no sería como cuando se había despedido de Dahlia aquella aciaga mañana, ni cuando su madre le había dicho que fuera buena antes de que se cerrara la puerta de su dormitorio y Maddy oyera llorar a su padre.

«Volveré a verte pronto», pensó mientras le besaba la frente. «Te lo prometo».

—¿Estás segura de que no quieres que te lleve?

—Prefiero… —no pudo terminar la frase, tuvo que aclararse la garganta antes de continuar—. Es más fácil que me vaya sola.

—Te llevo el equipaje hasta la puerta —se ofreció entonces.

Maddy respiró hondo. Dentro de unos minutos se habría marchado, se habría alejado de Beau. De Jack. De aquel lugar que al principio no le había gustado, pero con el que había acabado encariñándose.

Beau volvió a protestar.

—Tranquilo, pequeño —le susurró mientras le besaba la frente—. Todo va a ir bien. Te lo prometo.

Pero entonces frunció el ceño y volvió a acercar la boca a la frente del niño. Estaba caliente.

—¡Jack!

Jack apareció a su lado en una milésima de segundo.

—Beau está muy caliente. Mira. Puede que estén saliéndole los dientes. En su bolsa hay Tylenol infantil.

Al mismo tiempo que Jack miraba la bolsa que había sobre el cambiador, Nell fue directa a ella y la agarró con la boca. Maddy no tuvo tiempo ni de reaccionar.

—¿Cómo es posible? —preguntó, boquiabierta—. ¿Es que entiende lo que hemos dicho?

—A veces creo que tiene más vocabulario que yo.

A Maddy se le ocurrió que quizá, ya la noche anterior, la perra hubiera percibido que Beau no estaba bien y por eso se había asomado a la cuna. Y quizá ahora tratara de decirles algo.

—Deberíamos llevarlo al médico —afirmó Maddy, agarrando a Jack del brazo.

Apenas había terminado la frase cuando Jack ya estaba marcando un número en su teléfono móvil.

—¿Doctor Le Monde? —se pasó la mano por el pelo y asintió con gesto preocupado—. Sí, es urgente.

Capítulo Once

El médico llegó en menos de una hora. Después de examinar detenidamente a Beau, concluyó que se trataba de un simple resfriado. Antes de marcharse les dejó un humidificador para que le ayudara a respirar y unas medicinas, y les dijo que lo llamaran si tenían cualquier duda.

Jack lo acompañó a la puerta mientras Maddy se quedaba acariciando al pequeño, que, gracias a la medicina, se había quedado dormido. Sintió que el corazón se le llenaba de amor. Habría hecho cualquier cosa para hacer que se sintiera bien. Jack no tardó en volver y, tras colocar el humidificador, ambos se quedaron mirándolo.

–Parece que está mejor –dijo él después de un momento de apacible silencio.

–Gracias a Dios –respondió Maddy, aliviada–. Pero me parece que nos esperan una o dos noches sin dormir.

Jack levantó la mano de la cuna y la puso encima de la de ella, recordándole todo lo que Maddy necesitaba olvidar desesperadamente.

–Has perdido el avión –le recordó entonces.

–Sí.

Pero eso no le preocupaba lo más mínimo en ese momento. No quería pensar en Pompadour Shoes, ni en lo decepcionado que estaría su padre; lo único que le importaba era que Beau no tenía nada grave. Prefería no pensar en todo lo que habrían tenido que esperar en cualquier hospital de la ciudad hasta que alguien lo hubiese examinado como había hecho el doctor Le Monde.

–¿Quieres llamar a tu padre? –le preguntó Jack.

–Después.

–¿Qué vas a decirle?

–Que no podía marcharme –después se encogió de hombros y añadió sin darle importancia–: Tendrá que darle la cuenta a otra persona.

–Si dejas que te lleve, estarás allí en…

–Voy a quedarme –lo interrumpió con determinación y luego esbozó una sonrisa–. No hay más que hablar.

Después de tres días y tres noches en las que los tres adultos de la casa apenas pegaron ojo, la temperatura de Beau volvió a la normalidad y su sonrisa volvió a inundar el ambiente. Maddy no cabía en sí de la alegría. Una vez más recordó lo maravilloso que era saber que aquellos a los que quería estaban bien.

El jueves, mientras bañaba a Beau, pensó en la presentación de la campaña que tendría lugar al día siguiente y se preguntó si estaba triste por no ir a participar. ¿Estaba decepcionada consigo misma? No tardó en llegar a la conclusión de que en realidad estaba orgullosa de haber tomado la única decisión posible, la de quedarse con Beau. Su bienestar y su felicidad era lo único que realmente importaba.

Al ver entrar a Cait, el pequeño empezó a mover las piernecitas con entusiasmo.

–Está claro que ha recuperado la energía –comentó el ama de llaves mientras Maddy lo sacaba del agua–. ¿Has sabido algo de tu padre?

Maddy suspiró y negó con la cabeza.

Cait se había convertido en una especie de confidente a la que Maddy le había confesado, en parte, lo que sentía por Jack y, sobre todo, por Beau. También le había contado que seguramente a su padre no le habría gustado nada que se hubiera quedado allí después de haberle prometido que volvería a Sydney. Cait se había mostrado muy comprensiva, como lo habría sido una madre, una amabilidad que Maddy nunca olvidaría.

—Todos te estamos muy agradecidos por haberte quedado –le dijo Cait–. No tenías por qué hacerlo y sin embargo lo hiciste. Ten paciencia y verás que tu padre también se da cuenta de lo valiente y generosa que has sido.

Jack entró sigilosamente en la habitación, pero al ver que Beau seguía despierto, se acercó a él y comenzó a hacerle cosquillas. Maddy se lo dejó para que le pusiera el pijama.

—Ahora que estamos todos, he estado hablando con Beatrice –anunció Cait–. Se le ha muerto el canario y está muy triste, así que le he dicho si quería que fuera a hacerle compañía esta noche para que no estuviera sola.

Maddy creyó ver algo extraño en los ojos de Cait.

—Aquí ya ha vuelto todo a la normalidad –siguió diciendo–. He dejado hecha la cena, así que, si no te importa, Jock, me llevo la camioneta.

—Ya sabes dónde están las llaves –respondió Jack–. Dale el pésame a tu amiga de mi parte.

Antes de marcharse, Cait miró a Maddy y añadió:

—No me esperéis hasta después del mediodía.

***

Dos horas después, Beau estaba plácidamente dormido.

Después de una larga ducha, Maddy encontró a Jack, también recién duchado y exhausto en uno de los sofás de la sala de estar.

—Podría pasarme una semana durmiendo —dijo ella al tiempo que se sentaba a su lado.

—Qué buena idea.

Maddy había cerrado los ojos y estaba pensando en la carita sonrojada de Beau cuando Jack le hizo una pregunta que la sorprendió.

—¿Cuándo tienes pensado volver a Sydney?

—¿Tantas ganas tienes de que me vaya?

Jack la miró muy serio, deseando negarlo, pero entonces la vio sonreír y sonrió también.

Algo había vuelto a cambiar entre ellos en los últimos días. Se habían esforzado tanto en cuidar a Beau y asegurarse de que se recuperaba lo antes posible, que no habían tenido ni tiempo ni energía para guardarse rencor el uno al otro por lo que había ocurrido entre ellos.

Maddy quería olvidar la incómoda conversación que habían mantenido en los establos y estaba casi convencida de que Nell nunca le haría ningún daño al bebé. Resultaba extraño admitirlo, pero lo cierto era que ahora se sentía allí prácticamente como en casa y volvía a estar bastante a gusto junto a Jack. Él había puesto mucho de su parte para que fuera así y Maddy se lo agradecía. Quizá hubiera llegado el momento de decirle lo que sentía.

Se giró hacia él en el sofá y él hizo lo mismo. Al encontrarse con su mirada, Maddy volvió a sentir aquella atracción incontrolable. Pero no iba a permitir que ocurriera nada; sabía que eso solo serviría para complicar las cosas. No iba a pasar otra noche con él, por mucho que tuviera la sospecha de que Cait los había dejado solos con tal propósito.

Entonces él bajó la mirada hasta su boca y Maddy sintió que se inclinaba hacia ella.

–Jack, por favor… no hagas eso.

Él se detuvo y asintió con seriedad.

–Tienes razón –se deslizó sobre el sofá hasta ella–. Mejor hago esto.

La estrechó en los brazos y se apoderó de su boca. Sorprendida, pero también increíblemente excitada, Maddy trató de apartarlo, pero él la abrazó aún con más fuerza, por lo que pronto en lugar de apartarlo, las manos de Maddy se colaron por debajo de su camisa.

Apenas se dio cuenta de cómo llegaron al dormitorio desde la sala de estar, ni de cómo se despojaron de la ropa el uno al otro en un torbellino de besos y caricias. De pronto estaban ya desnudos, sobre la cama.

–Estoy siendo muy brusco –dijo él entonces.

–No voy a romperme –respondió Maddy antes de volver a besarlo.

Ya no había marcha atrás. Los dos estaban ya jadeando antes incluso de que Maddy sintiera su erección, apretada contra el vientre. Entonces lo tumbó boca arriba y se colocó encima de él. Era como si no fuera ella misma, como si se hubiera liberado y el instinto animal la controlara. Solo podía pensar en satisfacer aquel deseo que la invadía. Jamás había sentido nada semejante. Estaba ardiendo de pasión.

Él la agarró por las caderas, la miró con una mezcla de deseo y admiración y se incorporó para meterse uno de sus pezones en la boca. Lo acarició con la lengua hasta que Maddy pensó que iba a volverse loca.

Después rodaron por la cama y esa vez quedó él encima. Cuando se sumergió en su cuerpo, cuando Maddy sintió que la llenaba por completo, abrió la boca y lo miró, sorprendida. ¿Cómo podía sentir tanto tan rápido?

Jack empezó a moverse sin apartar la mirada de sus ojos mientras llegaba a ese punto de su cuerpo que solo él conocía y desató entonces un poder que la hizo suya. Maddy arqueó la espalda y gritó de placer. Él la siguió solo un momento después.

Cuando dejaron de ver chispas, ambos estaban cubiertos de sudor. Maddy sintió ganas de reír. Nunca se había dejado descontrolar de ese modo en la cama. Nunca había estado tan fuera de control en toda su vida.

Menos mal que Beau estaba profundamente dormido y Cait no estaba en casa porque habían hecho mucho ruido. Maddy jamás habría pensado que el sexo pudiera ser así, no se parecía a nada que hubiera experimentado antes.

Jack le dio un largo beso y luego respiró hondo, con evidente satisfacción.

—Cuando Beau sea mayor no podremos hacer tanto ruido.

Maddy iba a darle la razón cuando de pronto se dio cuenta de lo que implicaba lo que acababa de decir. Lo miró. Parecía relajado, pero era evidente que sabía muy bien lo que había dicho. ¿Qué se suponía que debía decir ella ahora? ¿Qué había querido decir exactamente?

Entonces se oyó un ruido al otro lado del pasillo que hizo que ambos se pusieran en pie de un salto.

–Beau –dijo ella–. Voy a ver qué le pasa.

–Tú prácticamente no te has separado de él en todo el día. Me toca a mí –la miró y levantó un dedo–. Es una orden.

Maddy asintió y lo vio salir después de ponerse los calzoncillos. Oyó la voz tranquilizadora de Jack y luego ya no se oyó nada. Ella se fue relajando hasta que cerró los ojos un momento.

Se despertó sobresaltada poco después de medianoche. Jack no estaba en la cama. ¿Qué tal estaría Beau? No se oía nada. ¿Habría sufrido una recaída?

Se levantó de la cama, se puso rápidamente una camisa de Jack y se dirigió hacia la puerta a toda prisa, pero la habitación estaba tan a oscuras que se tropezó contra algo y aterrizó contra la cómoda.

Maldijo entre dientes. Se había hecho daño en el pie, pero dejó de prestar atención al dolor y se fijó en lo que iluminaba la luz de la luna que se colaba por la ventana. La fotografía que había sobre la cómoda y, junto a ella, un anillo de oro. Maddy lo rozó suavemente…

Era una alianza.

Había visto la foto el primer día, pero aquella noche ni siquiera había pensado en ello al entrar allí con Jack. ¿Cómo habría reaccionado si se hubiera acordado de la imagen de aquella mujer? Desde luego en aquel momento no se sentía sexy ni impulsiva, más bien tenía la sensación de ser una intrusa, sobre todo teniendo en cuenta que Jack aún llevaba al cuello la alianza que era igual que aquella otra.

De pronto recordó sus palabras.

«Cuando Beau sea mayor…».

Maddy deseaba con todas sus fuerzas que hubiera una próxima vez. Muchas más. Pero no sabía muy bien qué pensar ante la idea de hacer el amor con un hombre que aún se sentía casado. No podría volver a hacerlo con aquella fotografía observándolos.

De pronto se fijó en una luz procedente del final del pasillo y fue hacia allí. Era una habitación en la que nunca había estado; una enorme y acogedora biblioteca con una increíble colección de libros colocados en estanterías de madera maciza. Jack estaba sentado en una butaca, leyendo un libro que Maddy reconoció de inmediato. Levantó la mirada y, al verla, sonrió.

–Estabas tan dormida que no pensé que fueras a despertarte.

–Así que te has puesto a leer *Jane Eyre*.

Jack se rio.

–A Sue le encantaba leer, como a ti. Pensé que yo tendría que pasar el resto de la vida montando a caballo durante el día y mirando estos libros por las noches –añadió con gesto distante.

Maddy observó los libros. Eran todos de Sue. ¿Qué le habría parecido la mujer de Jack si la hubiera conocido? Se apretó la enorme camisa alrededor del cuerpo, desnudo. Prefería no pensar en ello en ese momento.

–El otro día Snow dijo algo que de pronto tiene mucho sentido –dijo entonces Jack–. Tú y yo estamos bien juntos, Maddy. Mucho mejor que bien. Y Beau necesita una madre.

Maddy lo miró, abrumada. ¿Iba a pedirle que se casara con él? No, era demasiado increíble para ser verdad. Apenas hacía unos segundos que acababa de pensar que Jack aún se consideraba un hombre casado. ¿Acaso se había equivocado?

Él se levantó y le levantó la cara para que lo mirara.

–Maddy, te estoy pidiendo que te quedes.

Tardó unos segundos en asimilar sus palabras. Nada de matrimonio. Quería que se fuera a vivir con ellos. Porque Beau necesitaba una madre. ¿Quería que dejara todo lo que tenía en Sydney y se instalara allí?

–¿Quieres que viva en Leadeebrook?

De pronto apareció en su mente la imagen de la fotografía de su difunta esposa. Miró a su alrededor, a la biblioteca de Sue. Era la casa de Sue.

–¿Qué pasa con tu mujer?

Jack la miró como si hubiera perdido la memoria.

–Mi mujer está muerta.

–Para ti no lo está –se puso la mano en el pecho, sobre la alianza que colgaba de su cuello.

–¿Es que quieres casarte? –le preguntó, apretando la mandíbula de un modo casi imperceptible.

–No se trata de eso, Jack –no era tan sencillo.

Aunque no podía negar que durante los últimos días, al ver a Jack con Beau, no había podido evitar imaginarse lo que sería formar una familia los tres, quizá con algún hijo más. Pero cuanto más lo había pensado, más absurdo le había parecido. Para empezar, ¿dónde vivirían? ¿En su mundo, o en el de ella?

Él, sin embargo, parecía tenerlo muy claro.

–¿Por qué no os venís los dos a vivir a Sydney?

Jack meneó la cabeza.

–Ya sabes la respuesta. Sydney está bien, es una ciudad bonita, pero no es mi hogar.

–No, es el mío.

–Yo estoy ofreciéndote un nuevo hogar.

Maddy no quería un nuevo hogar en medio de ninguna parte, lejos de sus amigos, de su trabajo. De su padre. Entonces cerró los ojos y pensó en Beau. Tenía el corazón dividido. Jack era el tutor legal del pequeño y aquel era su hogar, le gustara o no a ella. Claro que algún día Beau crecería y haría su propia voluntad. Como había hecho Dahlia.

–¿Qué hay de Beau? –le preguntó–. ¿Qué pasará cuando quiera descubrir qué hay más allá de Leadeebrook? –¿acaso quería Jack que tuviera que tomar una decisión tan drástica como su hermana?

–Cuando llegue el momento, tendrá la mejor educación posible y para ello tendrá que ir a Sydney –Jack le agarró ambas manos–. Pero Beau es un Prescott. Estoy seguro de que no tendré que insistirle para que se quede porque este es su lugar. Sentirá lo mismo que siento yo, lo mismo que sintió su abuelo y su bisabuelo.

–Las mujeres sin embargo no tienen elección –replicó Maddy, airada, y se zafó de sus manos–. Quiero estar con Beau y contigo, pero toda mi vida está en Sydney. Tengo un trabajo, amigos…

Jack se encogió de hombros.

–Entonces ya has respondido a mi pregunta –respondió con esa maldita arrogancia suya.

¿Qué le hacía pensar que el mundo entero giraba a su alrededor? ¿Acaso no contaba lo que sintieran los demás, ni dónde tuvieran sus raíces?

–Pensé que podía hablar contigo, pero no has escuchado ni una palabra de lo que he dicho –solo hacía caso de la tradición, solo escuchaba a esos fantasmas que lo tenían atrapado allí.

–Si tu trabajo es más importante que…

–Eso no es justo.

Jack se dio media vuelta.

–No se trata de ser justos.

Maddy dio un paso atrás. Era tan implacable como su padre, igual de exigente. Y ella estaba harta de intentar tenerlos contentos, de tener que jugar de acuerdo a sus reglas.

–Puede que tú hayas decidido retirarte, Jack, pero yo tengo un trabajo a tiempo completo.

Él la miró y cruzó los brazos sobre el pecho.

–¿Trabajar para tu padre es lo que quieres en la vida?

La pregunta la agarró desprevenida, pero se recuperó rápido.

–No creo que sea muy distinto a tu empeño por decir que este es tu lugar.

–Este es mi lugar porque aquí es donde está mi corazón. ¿El tuyo está en Tyler Advertising?

–Tú creciste rodeado de esquiladores, yo de campañas publicitarias. Es lo único que conozco. Mi padre se tomó el tiempo y el esfuerzo de prepararme para algo –al menos eso era lo que llevaba años diciéndose, pero ahora sabía que solo estaba intentando convencerse a sí misma.

–Tu padre te seguirá queriendo aunque no trabajes para él. No se deja de querer a alguien porque elija otro camino en la vida.

–Pero sí se puede dejar de hablarle –«como tú dejaste de hablar a Dahlia». De pronto se dio cuenta de que tenía que saber si había cambiado en algo–. ¿Dejarías de hablarme si decidiese irme ahora, Jack?

Su mirada se hizo fría como el hielo.

—Serías tú la que decidiría marcharse. Yo no podría hacer nada.

Maddy no sabía qué decir, parecía inútil intentarlo.

Jack se lamentaba día y noche de no haber podido controlar ciertas situaciones y sin embargo estaba dispuesto a dejarla marchar sin decir nada. En realidad, eso no hacía más que confirmar lo que Maddy pensaba; los sueños eran maravillosos, pero eran solo eso, sueños. Aquel no era su sitio, por mucho que deseara estar con Beau, había demasiadas cosas en su contra.

Y era evidente que Jack pensaba lo mismo porque se pasó las manos por el pelo y luego la miró con expresión vacía.

—¿Y qué pasa con Beau? —le preguntó él.

Maddy respiró hondo antes de responder.

—Digamos que me quedara. Beau y yo estaríamos cada vez más unidos. Si las cosas no funcionaran entre tú y yo, y yo decidiera marcharme, ¿estarías dispuesto a compartir la custodia?

La presencia de Jack le resultó de pronto tan intensa, como una fuerza de otro mundo, pero al mismo tiempo la tensión abandonó su cuerpo y en su rostro apareció algo diferente.

El orgullo.

—No —dijo rotundamente—. Jamás renunciaré a él.

Capítulo Doce

Jack no estaba de buen humor.

Dos noches antes Maddy y él habían llegado a un acuerdo. O algo parecido.

Él le había pedido que se quedara y ella le había respondido lo más obvio, que no podía abandonar su vida. ¿Por qué le extrañaba?

Maldijo entre dientes y cabalgó tan rápido como le permitió Herc.

Estaría mejor sin ella.

Si tenía suerte, cuando volviera ya se habría marchado. Mucho mejor. Ya se habían dicho todo lo que tenían que decirse. Jack tenía a Beau, sus recuerdos y su hogar. Si tenía que despedirse de ella… Qué demonios, no sería la primera vez.

Pero cuando volvió a la casa, la vio de pie junto a los escalones del porche. Llevaba una camisa blanca y el pelo retirado de la cara… de ese rostro tan hermoso que le cortaba la respiración solo con mirarla. Sintió un nudo de emoción en el pecho.

Respiró hondo antes de bajarse del caballo e ir hasta ella.

–Gracias… –le dijo en tono formal– por quedarte con Beau cuando más te necesitaba.

–Gracias por dejarme hacerlo –respondió ella del mismo modo.

Ninguno de los dos apartó la mirada. Quizá porque ambos sabían que aquello era el final, pero al mismo tiempo, Jack deseaba encerrarla allí hasta que cambiara de opinión. Aún estaba pensando en ello cuando se oyó un motor y, un segundo después, apareció el taxi.

Cait salió de la casa con el bebé en brazos. Bajó los escalones como si siguiera el ritmo de una marcha fúnebre, pero intentó sonreír.

–Beau quiere despedirse.

Maddy consiguió sonreír también a pesar de tener los ojos llenos de lágrimas.

–Sé bueno, mi amor –le susurró al tiempo que le besaba la frente–. Y no te olvides de mí.

No miró a Jack en ningún momento mientras se daba la vuelta y se metía en el taxi. Un segundo después había desaparecido por el camino de tierra. No miró atrás ni una sola vez.

Cait lo miró con gesto compasivo, pero Jack se limitó a maldecir entre dientes. Habría querido agarrar a Beau, pero quizá no fuera el mejor momento, así que entró en la casa a toda prisa, fue a su dormitorio y cerró la puerta con un golpe. La fotografía que había sobre la cómoda cayó al suelo. El anillo se cayó también y fue rodando hasta sus pies.

Jack sintió que algo se le clavaba en el pecho. Agachó la cabeza y se apretó los ojos con los puños. Tenía ganas de gritar, de pegarle un puñetazo a la pared.

Quería recuperar lo que había perdido.

Después de unos segundos, respiró hondo y se llevó la mano al anillo que llevaba colgado al cuello desde hacía años.

No habría sabido decir cuánto tiempo estuvo sentado al borde de la cama, sujetando el anillo y pensando. No le temblaron las manos cuando abrió el cierre de la cadenita. Recogió la foto del suelo, abrió el cajón superior de la cómoda y, después de besar la fotografía, la guardó allí junto a los dos anillos.

Capítulo Trece

El teléfono de Maddy sonó en el mismo instante en que los altavoces del aeropuerto anunciaron que su vuelo podía embarcar.

Antes, ella debía hacer algo que le quitaría un gran peso de encima. Un peso que estaba harta de aguantar.

–Madison, decías que era urgente –dijo la voz de su padre al otro lado de la línea–. Pero he estado muy ocupado.

El lunes le había dejado un mensaje diciéndole que no sabía cuándo podría volver, que el bebé la necesitaba y pidiéndole que le diera la cuenta a otro. Pero desde entonces habían ocurrido muchas cosas.

–Papá, quiero dimitir.

–Ya me he encargado de todo. Gavin Sheedy ya está al frente de la cuenta Pompadour.

–Me voy de Tyler Advertising.

Maddy apretó los labios durante aquel largo silencio.

–Estás enamorada de ese hombre, ¿verdad? El otro día hablé con un amigo que me dijo que te había visto en…

No le dejó terminar.

–Jack Prescott no tiene nada que ver con mi decisión –y mientras lo decía, supo que era cierto–. Papá, a ti te encanta tu trabajo y yo quería que te sintieras orgulloso de mí, quería demostrarte que podía hacerlo

–«que podía ser fuerte y sobrevivir»–. Pero desde que me fui de Sydney me he dado cuenta de que la publicidad no es lo que quiero hacer en la vida. No es lo que quiero ser.

Se hizo un nuevo silencio tras el cual su padre habló con voz tranquila.

–¿Y qué es lo que quieres hacer?

Maddy miró a su alrededor, a la gente que salía rumbo a destinos exóticos, a nuevas aventuras.

–Quiero viajar.

Cuando oyó reír a su padre, no a modo de burla, sino con sincera alegría, Maddy estuvo a punto de desmayarse.

–Me parece una idea estupenda, cariño. Ojalá yo me hubiera tomado un poco de tiempo para viajar cuando era más joven. Cuando vuelvas…

–¿No estás enfadado? –Maddy no comprendía nada. Su padre se había esforzado tanto en prepararla.

–Cariño, el mundo de la publicidad puede resultar muy duro, al menos en Tyler. Sé que no es lo tuyo. Nunca lo ha sido.

Maddy no oyó el resto de sus palabras, toda su atención estaba en las puertas de la terminal… o más bien en la persona que acababa de entrar por ellas.

–¿Jack? –lo observó mientras él miraba a su alrededor como si estuviera dispuesto a poner el aeropuerto patas arriba si era necesario–. Papá, ahora tengo que colgar.

Tampoco oyó la respuesta. Jack la vio justo en ese momento y fue hacia ella con tal ímpetu, que Maddy casi sintió ganas de esconderse. ¿Qué había pasado? ¿Le ocurría algo a Beau?

Se detuvo a un paso de ella y, antes de que Maddy

pudiera decir nada, la tomó en sus brazos y la besó con todas sus fuerzas.

Maddy había tratado de hacerse a la idea de que no volvería a sentir la magia de sus labios y había tomado la decisión de ser fuerte y no volver junto a él. Pero mientras la besaba se dio cuenta de que no podía obviar la verdad. Amaba a aquel hombre con todo su corazón.

Entonces se separó de ella, pero no dejó que hablara, le puso un dedo sobre los labios y habló él:

—No sé cuántas veces me he torturado preguntándome por qué todas las personas que amo me abandonan. Maddy, tú tenías la respuesta.

—Jack, yo no tengo ninguna respuesta —trató de alejarse de él. No podría hacer que cambiara de opinión, aquello no podía funcionar. Pero él no la soltó.

—Me lo dijiste aquella noche en Clancy. Lo que ocurrió en el pasado es algo que yo no podría haber controlado. Pero esto sí puedo controlarlo. He cometido muchos errores y seguro que me quedan muchos por cometer, pero permitir que me dejes no va a ser uno de ellos —le levantó la cara y la miró a los ojos—. Amo Leadeebrook, pero a ti te amo mil veces más. Si quieres vivir en Sydney, nos iremos los tres y viviremos cada día al máximo. Tenemos dinero suficiente para hacerlo sin preocuparnos por nada.

Maddy lo miró boquiabierto.

—¿Estarías dispuesto a vender Leadeebrook?

—Si eso significa poder estar contigo —dijo con una enorme sonrisa—, sin dudarlo. Yo me había apartado del mundo, pero Beau y tú me devolvisteis la vida. La esperanza. Me habéis devuelto todo lo que hace que la vida valga la pena.

Maddy no sabía qué decir, estaba aturdida. Jack no sabía lo que decía.

–No puedo dejar que vendas –aquella tierra era parte de él, como lo eran sus piernas o sus brazos.

–No te preocupes –dijo él, riéndose, pues parecía divertirle su confusión–. Nunca he visto las cosas tan claras en toda mi vida –su gesto cambió ligeramente–. Mientras venía hacia aquí me preguntaba… ¿Crees que Dahlia esperaba que pasara algo así?

–¿Te refieres a que nosotros…?

No se atrevía a decirlo. Tenía miedo de despertar de aquel maravilloso sueño.

–¿A que nos enamoráramos, sí? –añadió él–. Quizá mi hermana pensó que las tres personas a las que más quería en el mundo podrían ser felices juntas.

Con los ojos llenos de lágrimas, Maddy bajó la mirada hasta su pecho y de pronto se dio cuenta de que la cadenita había desaparecido. Se había quitado el anillo. ¿Realmente estaba dispuesto a entregar su corazón a otra mujer… a ella?

Pero entonces se le ocurrió otra posibilidad.

–¿Lo haces por Beau… para que tenga una madre?

No podría odiarlo aunque fuera así.

–Te amo, Maddy. Deja que te ame, por favor. Cásate conmigo.

Maddy supo que lo decía de verdad y de pronto se dio cuenta de que no importaba dónde vivieran mientras estuviesen juntos. Los tres juntos para siempre.

–Sí, sí, me casaré contigo –dijo, llena de emoción y de felicidad–. Te amo, Jack –añadió y se echó a reír con euforia.

Epílogo

Las manos de Maddy tiraron de las riendas de Herc para poner fin al paseo.

El camino estaba cubierto de pétalos de rosas hasta el lugar donde la esperaban amigos y familiares. Pero Maddy solo podía mirar a una persona.

Jack nunca le había parecido tan guapo. Tenía los ojos llenos de amor, un amor que no había dejado de crecer durante los últimos nueve meses.

Drew Tyler le agarró la mano y la ayudó a desmontar.

—Estás preciosa –le dijo su padre–. Me alegro mucho por ti, cariño. Tu madre estaría muy feliz.

Maddy sintió un nudo de emoción en la garganta que solo le permitió responder con una sonrisa. Comenzó a sonar la música, lo que indicaba que debían dirigirse hacia el altar. Maddy cerró los ojos y sintió que su madre y Dahlia estaban allí, junto a ella.

—¿Preparada? –le preguntó su padre.

Ella abrió los ojos y sonrió.

Snow esperaba junto a Jack con un guiño pícaro en la mirada. En la primera fila de sillas estaba Cait con Beau en brazos y, a su lado, Nell, tan educada como siempre.

Una vez intercambiados los votos y las alianzas, Beau aplaudió más fuerte que nadie y echó a correr hacia sus padres.

La celebración comenzó con el vals nupcial. Maddy quería advertir a su flamante esposo que ya había montado a caballo y se había cambiado el nombre, ahora él debía prepararse para bailar la polka y así ayudarla a cumplir toda la promesa.

Pero antes debía darle una noticia que ya no podía ocultarle por más tiempo.

–Tengo que decirte algo.

–Me pregunto si tu noticia será tan buena como la mía. Tú primero.

Maddy lo miró a los ojos, parecía tan entusiasmado.

–No, tú.

–A Snow y a mí se nos ha ocurrido convertir Leadeebrook en un museo. Habría demostraciones de esquileo y muchas otras cosas. Tenías razón, este lugar es demasiado especial para dejar que se venga abajo.

Maddy lo abrazó con alegría pues sabía que aquel proyecto era justo lo que necesitaba Jack. Aunque últimamente pasaban mucho tiempo en Sydney y volvían a Leadeebrook a descansar, habían encontrado una manera de disfrutar de lo mejor que podían ofrecer ambos mundos.

–¿Eso quiere decir que a partir de ahora pasaremos más tiempo aquí que en Sydney? –le preguntó.

–Tanto como tú quieras –prometió él–. Aunque Beau cada vez tiene más compromisos sociales en la ciudad.

–Es un niño muy popular.

–Con una madre tan popular como hermosa –apoyó la frente en la de ella y la miró a los ojos con tanto amor que Maddy sintió que iba a estallarle el corazón–. Gracias por devolverme la vida –susurró mientras los invitados bailaban a su alrededor–. Te quiero tanto que me gustaría abrazarte y no soltarte nunca…

Entonces la agarró por la cintura, la levantó del suelo y la hizo girar en el aire. Maddy se echó a reír y no pudo parar hasta quedarse casi sin respiración.

–Puede que tengamos que tomarnos las cosas con un poco más de calma durante un tiempo –le dijo y, cuando vio que él fruncía el ceño, le sonrió–. Solo durante siete u ocho meses.

–¿Quieres decir que estás…? –tragó saliva y la miró a los ojos–. Maddy… ¿vamos a tener un bebé?

Maddy se mordió el labio, pero no pudo contener la sonrisa y finalmente tuvo que asentir.

Jack volvió a agarrarla por la cintura y a punto estuvo de levantarla de nuevo del suelo, pero entonces se puso serio.

–¿Quieres sentarte?

–No, estoy bien. El médico me ha dicho que todo va perfectamente –le tomó ambas manos y lo miró a los ojos–. Pero si quieres que pospongamos la luna de miel en París… si te preocupa que vuele…

«Lo comprenderé».

–Hemos estado en Nueva York –dijo él–. En Hawai y en Nueva Zelanda con Beau, así que no veo por qué no dejar que este pequeño disfrute de Francia –añadió poniéndole la mano en el vientre–, aunque sea desde aquí.

Maddy se abrazó a él. No iba a envolverla en algodón, ni a encerrarla en Leadeebrook hasta que diera a luz.

–¿Estás seguro?

–Completamente –Jack la abrazó también–. ¿Sabes qué es lo que más me gusta de ti?

–Creo que sí –respondió ella con gesto pícaro.

Jack se echó a reír.

–Aparte de eso. Lo que me gusta es que cada día descubro algo nuevo y maravilloso que hace que te quiera aún más.

A Maddy se le escapó una lágrima de emoción y alegría que él secó con un beso. Se quedaron así, abrazados contemplando el maravilloso futuro que les esperaba, hasta que oyeron un grito de «¡Papá!».

–Creo que vuestro hijo quiere bailar –les dijo Cait.

Jack agarró a Beau y Maddy se abrazó a ambos con la sensación de que la vida era perfecta.

Mientras bailaba con Jack y con su hijo, con otro bebé en el vientre, supo quién era exactamente y cuál era su sitio en el mundo.

Allí donde tenía el corazón.

Donde estaba su familia.

Y donde estuviera su amor, estaría ella.

Contrato por amor
Barbara Dunlop

Troy Keiser se negaba a contratar a una mujer por muy competente –o hermosa– que fuera para el peligroso trabajo de su empresa de seguridad de élite. Pero cuando su hermana y su pequeño sobrino necesitaron protección, Troy le ofreció un empleo a Mila para que cuidara de los dos.

Mila no sabía mucho de niños, pero estaba dispuesta a aprender si eso implicaba que Troy la contratara para algo más que aquella misión. Pero cuando se encariñó con el bebé, y con el sexy de su jefe, descubrió un secreto sobre el niño que podía cambiarlo todo...

La tentación era más peligrosa que el trabajo

Acepte 2 de nuestras mejores novelas de amor GRATIS

¡Y reciba un regalo sorpresa!

Oferta especial de tiempo limitado

Rellene el cupón y envíelo a
Harlequin Reader Service®
3010 Walden Ave.
P.O. Box 1867
Buffalo, N.Y. 14240-1867

¡Sí! Por favor, envíenme 2 novelas de amor de Harlequin (1 Bianca® y 1 Deseo®) gratis, más el regalo sorpresa. Luego remítanme 4 novelas nuevas todos los meses, las cuales recibiré mucho antes de que aparezcan en librerías, y factúrenme al bajo precio de $3,24 cada una, más $0,25 por envío e impuesto de ventas, si corresponde*. Este es el precio total, y es un ahorro de casi el 20% sobre el precio de portada. !Una oferta excelente! Entiendo que el hecho de aceptar estos libros y el regalo no me obliga en forma alguna a la compra de libros adicionales. Y también que puedo devolver cualquier envío y cancelar en cualquier momento. Aún si decido no comprar ningún otro libro de Harlequin, los 2 libros gratis y el regalo sorpresa son míos para siempre.

416 LBN DU7N

Nombre y apellido	(Por favor, letra de molde)

Dirección	Apartamento No.

Ciudad	Estado	Zona postal

Esta oferta se limita a un pedido por hogar y no está disponible para los subscriptores actuales de Deseo® y Bianca®.
*Los términos y precios quedan sujetos a cambios sin aviso previo.
Impuestos de ventas aplican en N.Y.

SPN-03   ©2003 Harlequin Enterprises Limited

Bianca

**¡De pronto, desafiarle era
lo último que quería hacer!**

Al cínico Dare James le her-
vía la sangre. Cierta caza-
fortunas había clavado las
garras en su abuelo. Pero,
cuando fue a la mansión familiar hecho una furia para
poner orden... descubrió que
la mujer en cuestión no tenía intención de dejarse inti-
midar.

Carly Evans estaba horrorizada. ¡Era la doctora del
abuelo de Dare, no una bus-
cona! Estaba deseando ver
la cara del arrogante millo-
nario cuando descubriera su
error. Sin embargo, sin poder evitarlo, cayó bajo su
embrujo.

DESAFÍO PARA
DOS CORAZONES
MICHELLE CONDER

Deseo

Fantasías eróticas

Andrea Laurence

Natalie Sharpe, organizadora de bodas, nunca pronunciaría el «sí, quiero». Su lado cínico no creía en el amor, pero su lado femenino creía en el deseo. Cuando en una boda organizada en el último momento, se reencontró con el apuesto hermano de la novia, que había sido su amor de adolescente y el protagonista de todas sus fantasías, deseó tener una segunda oportunidad de que pasara algo entre ellos.

Colin Russell ya no era un adolescente, sino un hombre hecho y derecho y organizar con él la boda de su hermana era una tentación a la que Natalie no podía resistirse.

*¿Conduciría un largo y apasionado beso
a esa novia renuente hasta el altar?*

¡YA EN TU PUNTO DE VENTA!